비우고,
다시 채우고

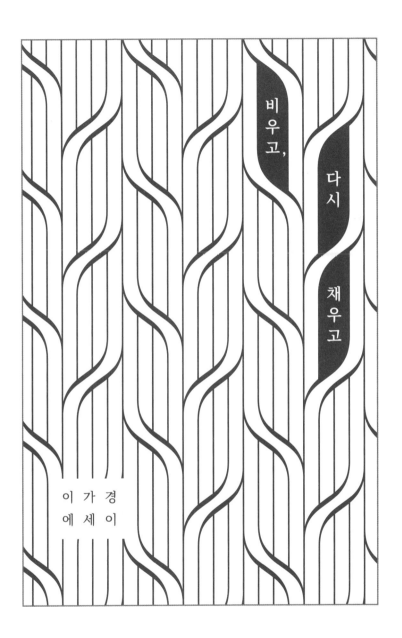

비우고,

다시

채우고

이 가 경
에 세 이

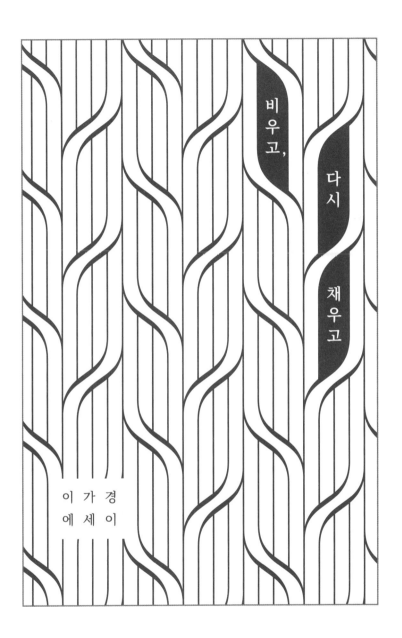

Booksgo

내가 쓰는 이유

쓰기의 탐구

말하듯 쓰라는 말이 있듯 말하는 언어와 쓰는 언어에는 분명한 격이 있다. 고백하건대 나는 아쉽게도 말하듯 쓰지 못한다. 말에도 글에도 나름의 진지함이 묻어나긴 하지만 유독 글은 사유의 도화선이 되어 나의 철학이 된다. 그것이 나의 글이 반드시 말이 되지 못하는 까닭이다.

내게 있어 글은 내가 알지 못하는 나만의 세계를 창조하게 한다. 쓰기 전까지는 어떤 글이 될지 감히 상상할 수가 없다. 일단 내가 쓰면 글은 절로 움직인다. 글이야말로 나의 무의식에 의해 창조되는 언어의 유니버스가 된다. 비록 나는 의식한 대로 글을 창조해 낼 수는 없지만 내 무의식은 반드시 글의 총체가 된다. 그러므로 무의식으로 쓰인 나의 책은 곧 나의 세계이다. 한 번도 보여주지 않았던 내 무의식의 유니버스가 된다.

그래서 나는 매일 쓴다. 세상에 존재하는 것들을 내

눈으로 응시하고 새롭게 탐구한다. 실존을 생각으로 굴절시키고, 그 의미를 다시 내 안에서 해석하는 식이다. 그 작업은 무의식이라는 공간 안에서 이뤄진다. 거기서 나의 세계가 가지런히 놓이는 활자로 창조되는 것이다. 그러므로 내가 글을 쓰는 이유는 나를 잘 알아가는 것이기도 하다. 무의식 속의 나를 밖으로 꺼내 보여서 진짜 나를 마주하고 싶은 욕망이다. 그래서 나의 책은 이 세상에서 단 하나뿐인 나의 세계 물物이다. 어느 누구와 같을 수도 틀릴 수도 없는, 비교할 수 없는 영역인 것이다.

쓰기의 세계

여기, 내 세계엔 다양한 사람들이 드나든다. 그 안으로 빼꼼 고개를 내미는 사람들, 기꺼이 들어와 쉼을 허락하는 사람들, 휙 둘러보고 영원히 멀어지는 사람들. 다행히도 내 세계를 방문해 주는 그들 덕분에 나는 멈추지 않았다. 계속해서 쓰는 이유가 되었다.

잠시라도 내 세계에 들어와 곁에 머물다 가는 사람들은 언제나처럼 반갑다. 그래서 기꺼운 인사를 행간에다 싣는다.

그런 나도 다른 세계를 찾아다니며 빼꼼 고개를 내밀

거나, 푹 늘어져 며칠을 감응하며 보내기도 한다. 저자와 무언의 교류가 통하기라도 하면 그의 세계와 나의 무의식이 공존하는 희열을 절실히 느낀다. 그렇게 나의 세계가 확장된다.

가끔은 처음 본 세계인데도 이질감 없이 편하고 포근한 느낌이 드는 곳도 있는데, 그럴 때 나는 고무된다. 무의식의 썸을 타느라 시간 가는 줄도 모른다.

우리는 모두 유니버스의 탐험가일 수밖에 없다. 서로의 세계를 활자를 통해서 경계 없이 탐험하고 즐기고 공유하고 또한 각성해야 하는 사람들이다. 그러므로 책장을 넘기기만 해도 반갑고 좋은 그런 사이여야만 한다.

그러므로 잠시 나의 세계에 들어와 찰나의 영감을 받지 못해도 안타깝지만 괜찮다. 막상 들어와 보니 별거 없다고 등 돌려도 서글프지만 괜찮다. 나는 뭔가 대단한 것을 발견해서 쓰는 게 아니고 또 유일한 앎으로 쓰는 것도 아니기 때문이다. 단지 나의 쓰기는 내 세계의 실재reality를 위함이다.

분명한 것은 유한한 시간을 사는 우리가 잠시 스친 기억으로도 한 줄 음각이 된다는 사실이다. 그러니 책을 통해 마주한 이 시간이 얼마나 의미 있는 것인가. 나의 세계가 독자들의 시간으로 유유히 흘러가는 동안 나 역시 다른 세계를 통해서 아로새길만한 찰나를 꾸준히 가질 것이다. 그렇게 우리의 시간이 여러 줄 음각이 되어 평생 흐뭇이 기억될 것이다.

쓰기의 확장

산다는 것은 줄다가 늘고, 적다가 많고, 없다가 있는 연속된 과정이다. 있는 그대로 머물러 있는 것은 살아 있다고 감히 말할 수 없다. 어느 날, 변하지 않는 나를 마주한 뒤로 나는 살아 숨 쉬는 생각을 기록하기 시작했다. 소멸하고 탄생하는 사유의 순간을 거침없이 파헤치는 동안, 세상을 보았고 사람을 알았고 자연을 느꼈다. 그러자 내 글은 역동을 맞아 지면 위로 되살아났다. 내 삶도 그러했다. 나는 살아 있기 위해 내쉬고 마셨고, 잃고서 얻었고, 비우고 다시 채웠다.

이 책을 쓰는 동안 아니, 살기 위해 쓰는 동안 나는 다시 숨으로 채워졌다. 당신의 삶도 비워내고 채워져 다시 살아 있는 존재로 거듭나기를 바란다. 꼭 그렇게 되기를 소망한다.

이 가 경

제2부 미완성의 언어

제3부 생명력이 담긴 행위

제4부 중후한 태도

제 1 부

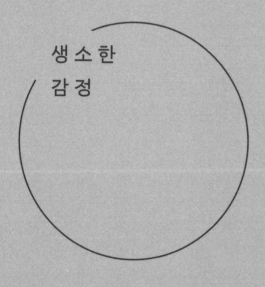

생 소 한
감 정

"감정, 고통스러운 감정은 우리가 그것을 명확하

고 확실하게 묘사하는 바로 순간에 고통이기를

멈춘다."

— 스피노자 《윤리학》

고독과 외로움

'고독'은 글을 쓰는 내게 가장 필요한 대전제이다. 자발적으로 고독한 현장을 만들지 않으면 생각의 확장도 일절 일어나지 않는다. 그러므로 고독은 내게 있어 생각을 향유하기 위한 공간이며, 글을 쓰기 위한 시간이고, 몰입을 위한 정신적 향기다. 시도 때도 없이 두리번거리며 고독을 찾는 일은 내 오래된 습관이고, 삶의 일부분이다.

나의 고독은 루마니아 출신의 철학자이자 문인인 에밀 시오랑의 글쓰기 고독과 무척이나 닮아 있다.

"지금, 이 순간 나는 혼자다. 무엇을 더 바랄 수 있으랴? 이보다 강렬한 행복은 없거늘. 그렇다, 고독에 귀 기울이는 행복은 침묵의 힘을 받아 한층 더 불어난다."

나는 정작 고독을 예찬하면서도 이제껏 고독이 어떤 뜻을 내포하는지에 대해서는 깊이 생각해 본 적이 없다. 내게 고독이란, 누구에게도 방해받지 않는 적막한 공간과 그 안에서의 평화로움을 보장받을 수 있는 순간을 의미했다. 나의 풀이와는 달리, 사전적 의미에서의 고독은 '세상에 홀로 떨어져 있는 듯이 매우 외롭고 쓸쓸한 상태'였다.

고독이 이렇게나 쓸쓸한 단어였다니. 그러고 보니 문득 고독사라는 외로운 죽음이 이 시대의 가슴 아픈 상처라는 것을 상기했다. 홀로 외로운 것들은 죽음뿐만 아니었다. 그 대상은 도처에 얼키설키 뒤얽혀 있다. 계절, 시간, 공간, 관계에서 곰팡이처럼 퍼져 있는 이 외로움이 사람의 마음에 서서히 잠식하면서 스며드는 것이다. 이러니 우리가 외로움을 느끼고 사무치게 쓸쓸하고 우울해지고 마는 것이다.

내가 좇는 고독과 외로움이 다른 이유는 '존재'하는 대상이 있기 때문이다. 외동딸, 외동아들, 기러기 아빠, 1인 가족, 독거노인 등이 그렇다. 이렇게 홀로 있거나 가족과 떨어져 있는 사람들을 우리는 대개 외로움과 연관짓는다. 그러나 홀로 있다고 무조건 외로운 것도 아니다. 누군가와 함께 있다고 외롭지 않은 것이 아닌 것처럼. 외로움은 존재의 양상 또는 상태만으로 판별할 수 없다. 또 외로움의 정도도 저마다 다르다. 그 때문일까? 타자의 외로움을 나의 잣대로 가늠하기에는 무리가 있다.

독일 출신의 신학자 파울 틸리히에 따르면, 홀로 있음

의 고통을 표현하기 위해 '외로움', 홀로 있음의 영광을 표현하기 위해 '고독'이라는 말이 만들어졌다고 한다. 외로움은 고통인 것에 반해 고독은 영광이고 기쁨이다.

이쯤에서 고독을 영어로 풀이해 보면 훨씬 더 흥미롭다. 고독은 Solitude, Loneliness, Aloneness, Isolation으로 표현되는데, 그중에서 Solitude는 다른 것과 다르게 구분된다. Solitude는 특히 즐거운 고독을 뜻하며, 외롭거나 쓸쓸한 감정이 아니라 행복한 감정을 느낄 수도 있는 상태를 의미한다. 이것이 바로 내가 느끼는 고독의 해석이다.

독일 출신의 철학자 한나 아렌트는 고독을 이렇게 정의했다.

"고독 속에 있다는 것은 자신의 자아와 함께 있다는 의미다."

나는 고독 속에서 외로움을 느껴본 적이 없다. 이집트 태생의 프랑스 가수 조르주 무스타키 〈나의 고독Ma Solutude〉의 노랫말 "나는 고독과 함께라면 외롭지 않다"처럼 혼자이면서도 혼자가 된 기분을 느끼지 않는 건, 아렌트의 말마따나 내가 나와 함께 있기 때문이다. 그 누구도 관여하지 않는 공간에서 오롯이 나에게만 집중하며, 시공간 또한 나와 함께 공유하는 바로 그 순간이 '고독'이다.

낯섦에 관하여

낯섦은 대체로 잘 알지 못함이다. 아직 무엇을 파악하지 못한 상태여서 자신의 감각을 활용해 앎을 감지해 낸다. 그럼으로써 낯섦을 불안으로부터 분리해 낼 수가 있다. 보통의 낯선 자들을 향해 예민한 촉수를 세우는 것은 어쩌면 당연하다. 그런지 낯섦에 따라붙는 의구심을 떼래야 뗄 수 없었던 적은 흔했다. 나를 지나쳤던 수많은 인연은 섣부른 내 기민함으로 인해 낯섦의 거리를 유지해야만 했다. 익숙해졌다면 조금이나마 오래도록 내 곁에 머물렀을 인연들이 이제 와 헛헛한 마음을 일으키는 건 어쩔 수가 없다. 그러니 지금의 내게 있어 낯섦은 애틋함이다. 아린 시선으로 낯선 자를 살피고 바라보려는 것도 거기에 있다. 낯섦의 주위가 조금 더 따뜻해지도록 애써 의구심까지 거두면 왠지 더 많은 이들과 애틋함을 만끽할 것만 같다.

낯선 자를 향해 좋게 생각하려는 마음, 즉 낯선 자를 향한 호의는 '애쓰는 베풂'일 것이다. 그것은 충분함에서 비롯되지 않고, 결핍과는 무관하다. 물론 자연스럽고 당연한 본능도 아니다. 그런데 낯선 자를 향한 호의를 제 안이 충분할 때 행하는, 결핍의 반대편쯤으로 치부해 버리는 게 문제다. 특히나 관계의 단절을 초래했던 작금에는 다양한 결핍을 가진 채로 누구도 낯섦을 향해 가까워지려고 하지 않았다. 제 결핍을 채우느라 주위에 애써 힘을 보태지 않았고, 나만의 안위를 위해서 제 것을 나누려 하지도 않았다. 결국 낯선 자를 향한 호의와 관용은 전보다 훨씬 무색해졌다.

그리하여 오늘날의 낯섦은 익숙한 일상을 살아가는 데 애로사항으로 전락했다. 낯선 자에게 처한 상황과 행동이 선뜻 이해되기 어려울 뿐 아니라 낯선 자가 건넨 호의는 의심부터 드는 게 먼저였다. 그렇게 되기까지 어떤 낯선 호의를 가장한 침범으로 뭇 이들의 희망을 저버리곤 했다. 이런 일이 비일비재한 까닭에 우리가 사는 세상은 점점 굳어지고 차가워졌다. 낯선 자를 향한 관용 앞에서 적개심부터 드는 건 어쩔 수 없는 서글픔이었다.

그럼에도 낯선 자를 향해 호의를 베풀고 살겠다는 일말의 마음을 갖기를 바란다. 우리는 모두 비등한 고난과 아픔을 겪으면서 각자의 삶을 전투적으로 살고 있다. 또한 세상은 끝도 없는 방황과 예기치 않은 상황을 시시때때로 전한다. 어느 때고 제 안의 효능감만으로는 해결할 수 없는 게 훨씬 많다. 그 같이 치열한 공간에서는 낯선 자의 호의가 지극히 절실해진다. 그것으로 역경을 마주할 용기를 얻고, 살아갈 희망도 찾을 수 있다.

그 같은 호의에는 이타심이 필요하다. 타인의 아픔이 내 슬픔이 되거나 마땅히 내 것을 쪼개어 타인의 결핍을 채우려는 마음과 함께한다. 진정한 호의야말로 자신을 알고 존중하면서 타인을 돕고 위한다. 꺼져가는 불씨가 내 숨으로 되살아나듯 타인의 삶도 나로부터 발화되어 타오르는 것과 같다. 우리가 베푼 호의는 일방적이지 않고 스스로 확장된다. 호의가 또 다른 호의를 낳듯이 예측하지 못한 호의를 받으면 언제든 제 호의를 쓸모 있게 베풀고자 한다.

그러한 연대감은 낯선 자를 향해서 관용을 취할 수 있게 한다. 낯선 자를 향한 호의가 살만한 세상으로 점철되는 것이라면 낯선 자를 향한 관용은 새로운 세상을 살 수 있게 한다. 포용하고 용서하는 관용의 자세는 낯설거나 불편한 것을 거르지 않고 모든 것을 수용하고자 한다.

견주거나 배척하지 않고 한데 어우러지는 삶을 지향한다. 서로 사랑하고 격려하여 살아가는 힘을 서로에게서 얻을 수 있어야 한다. 그러므로 낯선 자를 향해 언제든 손을 내밀 줄 알아야 한다. 내 손으로 낯선 자의 삶을 일으킬 수 있다면, 언젠가 나 또한 낯선 손을 잡고 다시 일어서게 될 것이다.

이성과 감성

사회 초년병 시절이었다. 세상과의 관계를 차단하고 방 안에서 칩거 생활을 한 적이 있었다. 당시에는 불완전하고 미숙했던 이성 탓에 실수와 실패를 반복했다. 여물지도 못한 이성은 한순간에 무너졌고, 내적인 혼란으로 결국 나를 고립시켰다.

이성이 무너지면 본능에 충실한 동물과 다름없는 삶을 살게 된다. 지금 이 순간만 좇는 인생을 사는 것이다. 배고픔이나 충동 또는 기분이나 형상만을 좇는 것이다. 눈앞의 부족함만 그럭저럭 보완하면 금세 제 삶의 만족을 느끼게 된다. 이는 '카르페디엠'을 연상시킨다. 고대 로마의 시인 호라티우스의 시 〈오데즈〉 중에 '현재를 잡아라, 가급적 내일이란 말은 최소한만 믿어라'에서 비롯된 시구이다. 그러나 '현재 이 순간에 충실하라'는 뜻의 라틴어 '카르페디엠'과 순간만을 위해 사는 것에는 분명한 차이가 있다. 그것은 이성에 의해 구분된다.

이성의 사전적 의미는, 사물을 옳게 판단하고 진위·선악 또는 미추를 식별하는 능력을 가리킨다. 또한 일반적으로 보고 들어서 아는 감각적 능력과 구별되는 개념에 의한 사유 능력을 뜻한다.

시간의 흐름에 따라 이성도 성장한다. 나이가 들수록 젊은 날의 이성보다 확실히 크고 넓고 깊어진다. 이성의 성장은 이를테면 어른의 나이테를 떠올리게도 한다. 그것은 또한 어른의 특권일 수도 있겠다. 하지만 애써 그 특권을 져버린 어른도 있다. 주변에서 '이성을 잃은 어른'을 보기란 어렵지 않다.

그들은 편견에 빠져 선과 악을 구분하지 못하거나 신념 하나로 어떤 사물이나 현상의 진위를 파악한다. 풍문으로 얻은 지각으로는 아름다움과 추함을 식별하지도 못한다. 행여 그들이 힘을 얻는다면 세상은 암흑에 빠질 수밖에 없다.

이성은 객관적이고도 현명한 자각이다. 예상치 못한 문제 앞에서 사람들은 이성을 잃기 십상이다. 감정을 통제하지 못하면 이성은 순식간에 사라지고 만다. 그럴 때마다 탈출한 이성을 찾으려고 두 뺨을 매만진 적도 있을 것이다. 바꿔 말하면, 이성이 존재하는 시간은 상황에 따라 이리저리 휩쓸리지 않는 시간인 셈이다.

이 순간만 살아가는 사람은 이리저리 휩쓸리는 사람이라고 할 수 있다. 그들은 감각과 감정에 지배받는 사람이기도 하다. 순간의 쾌락으로 하루하루를 사는 사람은 본인의 내일을 그려내지 못한다. 지금 당장의 문제에 함몰되기 때문이다. 그러므로 매 순간 휩쓸리지 않으려면 중심을 바로 잡아야 한다.

균형을 맞추기 위해서 신체도 중심을 잃지 않으려고 하는데, 하물며 생각하고 사고하는 정신세계는 말할 것도 없다. 그것이 바로 '주관'이다. 주관은 감성을 바탕으로 확장된다. 《순수이성비판》에서 칸트는, '우리가 대상에 의해 유발되는 방식을 통해 관념을 얻게 되는 능력이 감성'이라고 한다.

이성과 감성은 서로 어느 한쪽을 떼어놓고 생각할 수 없는 관계이다. 이 둘 중에 한쪽으로 치우쳐서도 안 된다. 이성과 감성의 조화를 추구하는 삶이야말로 어른의 특권을 한껏 누리는 삶이라고 할 수 있다. 어른은 어른다워야 하며, 어른다워지려면 날마다 자신을 계몽해야 한다.

다시 한번 칸트에게 기대본다.

'계몽이란 스스로 저질러 놓은 미성숙으로부터의 탈피'이다.

무의미의 나날

　한 곳에서 오래노록 일하거나 지내다 보면 한 번쯤 매너리즘에 빠지기도 한다. 무심하게 찾아오는 매너리즘엔 약도 없다. 나 또한 한때 찾아온 매너리즘이 통장에 입금되는 월급으로 상쇄된 적도 있었다. 당시에는 월급보다 값비싼 감정은 없을지도 모른다고 여겼다. 지금 생각하면 애석할 따름이다.

　표준국어대사전에 따르면, 매너리즘이란 항상 틀에 박힌 일정한 방식이나 태도를 취함으로 신선미와 독창성을 잃는 일이다. 개성과 새로움이 각광 받는 오늘날, 이러한 매너리즘은 안타깝고도 위험한 일이 아닐 수 없다.
　직장인의 매너리즘은 매일 같은 시간에 눈을 뜨고 같은 장소로 출근해서 같은 일을 반복하는 것으로부터 시작된다. 매너리즘은 직장인에게만 국한된 것은 아니다. 지난 몇 해 동안 집안 살림을 맡고 있는 나의 이야기이기도 하다. 어느덧 십 년을 넘어선 나의 노동에도 매너리즘이 스멀스멀 찾아오고야 말았다.

    불시에 찾아온 매너리즘은 주부의 삶을 비판적이고도 부정적으로 갉아먹었다. 하루하루의 시간이 의미 없이 지나갈 뿐이었다. 나는 주부의 매너리즘도 직장인의 매너리즘과 다를 게 없다고 생각한다. 틀에 박혀서 품고 있던 빛을 잃은 건 그 둘이 똑같기 때문이다.

    우려되는 것은 매너리즘이 권태와 번아웃 증후군을 동반하기도 한다는 사실이다. 권태는 어떤 일이나 상태에 시들해져서 생기는 게으름이나 싫증이라면, 번아웃 증후군은 일에 몰두하던 사람이 극도의 스트레스로 인하여 정신적, 육체적으로 기력이 소진되어 무기력증, 우울증 따위에 빠지는 현상을 가리킨다. 두 증상 모두 매너리즘을 단단히 고착시키기 때문에 무엇보다도 의도적인 탈각이 절대적으로 필요하다.

    경우에 따라서는 환경적인 요인을 바꾸는 것도 매너리즘을 벗어나는 방법이 될 수 있다. 특히 틀에 박히지 않는 행동을 유도할 수 있는 공간이 필요하다. 익숙한 일상에서 벗어나 보는 것인데 거창한 여행이 아니어도 좋다.

나의 경우엔 온종일 책만 읽거나, 음악 연주회나 미술 전시회에 찾아가기도 한다. 마음의 소리를 따라서 행동하면 느끼게 되는 것들이 있다. 뭔가 대단한 성취를 이룬 것은 아니어도 만족감을 느끼고 편안함마저 드는 것이다.

하지만 이는 단편적인 방법으로 그치기 십상이다. 환경을 아무리 바꾼들 본질은 그대로일 터, 어떤 그릇에 담겨도 물은 물일 뿐이다. 매너리즘에서 온전히 벗어나려면 자신에게 집중해야 한다. 그러기 위해서는 절대적인 시간이 필요하다. 내가 잘하고 좋아하는 것이 무엇인지, 어느 때 가장 나다워지는지를 발견해야 한다. 온전한 나를 마주하는 시간을 가질수록 다시 고유한 빛을 품어낼 수 있기 때문이다.

어쩌면 나를 향한 무관심이 매너리즘이란 질병을 불러들였는지 모른다. 그렇다면 나를 향한 관심으로도 질병을 치료할 수 있다. 분명한 건, 내가 아닌 그 누구도 나를 대신할 수 없다는 것이다. 이를 자각하는 데에서 나만의 경쟁력은 연마된다.

가을을 향한 시샘

가을은 발에 채는 것들이 많은 계절이다. 그중에서 붉거나 노랗게 물든 색색의 낙엽들은 내가 가려는 길 위를 소복하게 덮고 있어서 발에 자주도 챈다. 사각사각, 밟는 소리마저 아련하게 들린다. 그러고 보니 가을은 눈에 보이고 귀에 들리는 모든 것들이 점잖이 아늑하고 또 세련됐다. 나는 그런 가을을 자주 염탐했고, 시샘했다.

얼룩진 낙엽이 마냥 좋게 보일 수만은 없다며 다른 눈을 가지려고 시도했다. 그러고 보니 낙엽은 낙하하는 시간의 부유물 같았다. 시간의 절정에서 소리를 내질렀던 당찬 포부와 야망은 온데간데없이 정상에서 떨어진 속절없는 심정이 오죽할까 싶었다. 어쩌면 낙엽도 내가 겪었던 절망감을 어느 정도 이해해 줄 수 있을 것 같았다. 그렇다면 너와 내가 벗이 될 수도 있겠다 싶었다.

다시 낙엽이 늘어선 거리를 걷다가, 힘이 잔뜩 든 두 발에 엉킨 출짝거리는 낙엽들이 성가셨다. 그것들은 참 염

치도 없어 보였다. 제힘으로 지탱할 줄도 모르고, 그저 가볍게 이리저리 차이는 꼴이란. 발끝에 튕겨 나가는 낙엽을 가만히 바라보다가 문득 처량함도 새어 나왔다. 어쩌면 낙엽도 만사에 이리저리 치이는 나와 비슷할 만도 했다.

그때 다시 낙엽을 바라봤다. 제각각 색을 뿜으면서 열렬한 순간을 즐기고 있는 것 같았다. 어우러져 있던 공간에서 떨어져 나왔는데도 전혀 슬퍼하지 않았다. 외려 하나의 주체로 완전해진 것 같다며 지금을 즐거워하는 듯했다. 온전한 제 모습으로 존재하는 것이 얼마나 소중하냐며 외쳐대는 것 같았다. 어쩌면 낙엽은 주체적으로 살아갈 줄 아는 벗일 수도 있겠다 싶었다.

아무리 달리 생각해 봐도 낙엽의 인생은 우리 인생과 닮아 있었다. 연대 안에서 무리 지어 살다가 때가 되면 품에서 벗어나, 결국 열렬한 고독을 맞이하게 되는 인생의 사이클처럼 말이다.

낙엽이 가을을 장식하는 역할만으로도 그 가치가 있는 것처럼, 사람도 존재 자체만으로도 삶의 가치가 있다는 것을 이쯤에서 인정해야만 한다. 삶이란 게 거창하게 있어 보이거나 화려하게 채워져야 될 것만은 아니다. 삶은 한

잎 한 잎 떨어진 채 모퉁이에 홀로 남겨져 있어도 제빛을 내면서 자신의 자리를 지키는 것이다. 그것이 낙엽의 일생이고, 우리 일생일 수도 있다.

알록달록한 나무들 위로 노을이 지는 무렵, 나는 둔치에 앉아 가만히 풍경을 들여다봤다. 뭔가 특별하지도 빛날 것도 없는 하루가 이렇게나 허무하게 지나가는데 노을이 지는 하늘은 왜 그토록 아름다울까. 아무것도 아닌 내가 이런 기분을 느끼고 있자니 별거 아닌 나도 소중한 존재인 것만 같았다. 그때 나는 생각했다. 무엇을 가졌든 무엇을 이뤘든 간에 우리 모두는 가을 하늘 아래 서 있을 뿐이었다.

우리는 살아 있다는 이유만으로도 얼마든지 느끼고, 감동받을 수 있다. 낙엽이 지거나 노을이 지고, 바람이 이는 자연의 섭리는 내 삶의 '알참'에 그리 신경 쓰지 않는다는 사실을 알아차려야 한다. 인생을 알차게 채우는 것이 스스로가 집착하는 허상이란 것을 안다면, 평범하고 별거 없는 일상이 환희로 가득 찰 게 분명하다.

그렇기에 별거 없는 자신에게 실망하지 말며, 아쉬움 또한 내비치지 않으면 좋겠다. 너와 내가 그리고 우리가

살아 있다는 존재의 가치는 어떠한 기준으로도 감히 평가
될 수 없다. 단지 살아 숨 쉬며 오늘을 사는 것만으로 우리
는 세상에 증명된다.

중후해지는 기쁨

앎은 기쁨이고 행복이다. 하지만 섣불리 아는 것은 슬픔이다. 왜냐하면 섣부른 앎은 지각이 아니라 착각이기 때문이다. 지각은 중후함에서 나오고, 착각은 경박함에서 나온다.

예로부터 중후함은 중년에게나 어울릴 법한 단어이지 않았던가. 이와 관련해서 중국 송나라의 유학자 주자는 공자의 《논어》에서 "중重은 중후함이요, 위威는 위엄이요, 고固는 견고함이다. 밖으로 경박한 사람은 반드시 안으로 견고할 수 없다. 그러므로 중후하지 않으면 위엄도 없고, 배운 것도 역시 견고하지 못하다"라고 했다. 사전적인 의미로도, 중후함은 태도 따위가 정중하고 무게가 있거나, 학식이 깊고 덕망이 두텁다는 뜻으로 풀이된다.

생각하는 사람은 나이가 들수록 위엄이 생기고 견고해지기 쉬울 터다. 물론 전부는 아니겠지만 중년 대부분이 이러한 중후함과 어울린다는 점에서 수긍할 수 있겠다. 그

러니 청년에게 중후함은 어울리지 않는 것이라고 여길 만
도 했다. 하지만 나이를 떠나서 중후함은 세대를 막론하고
도 찾아보기가 힘들다.

　　특히 1인 미디어에서 그렇다. 손가락이 멈추는 영상
마다 중후함보다는 경박함이 눈에 먼저 띄었다. 자극적인
미사여구로 클릭을 유도하려는 콘텐츠가 많아져서다. 그
들의 말마따나 '원조', '전문가'는 여기저기에 흔하다. 그
들을 꾸며대는 표현도 가지각색이다. '새벽 기상 전문가',
'경매·주식 투자 전문가', '재산 증식 전문가', '다이어트
전문가', '정리 전문가', '습관 전문가'. 심지어 '막말 전문
가'도 있다. 요즘 사회에서 어느 한 분야의 전문가가 아니
면 명함도 내밀기 힘들다.

　　그래선지 주변을 둘러봐도 '잘' 또는 '제대로' 아는 사
람 혹은 전문가를 쉽게 찾아볼 수 있다. 저마다 생김새는
달라도 그들의 문장은 무척이나 닮아 있다. "그건 내가 좀
알지." 그들은 한결같이 잘 아는 것을 멋들어지게 포장하
고 싶어 한다. 알고 있는 것을 애써 드러냄으로 우월감에
도취하기도 한다. 말 한마디로 주위의 시선을 한 몸에 받
으면서 만족감을 얻는 것이다.

설령 이견이 발생해도 '잘' 아는 나는 변함이 없다. 남들보다 더 많이 알고 더 많이 가질수록 우위를 선점할 수 있는 세상이기 때문이다.

하지만 잘 아는 것이 늘어날수록 제대로 모르는 게 많아지는 것도 엄연한 사실이다. 앎이 깊어질수록 온통 그 생각만 하기에 거기서 헤어 나오기도 어렵다. 게다가 그것을 전부라고 여기기도 한다. 한마디로 착각하기 쉬운 것이다. 그런 때야말로 잘 알고도 잘 모르는 상태라고 할 수 있다.

사진을 찍는 행위가 이와 다르지 않다. 카메라 렌즈의 초점을 한 곳에 맞추게 되면 나머지 배경을 유념하지 않는다. 초점이 맞으면 선명해 보이고, 그렇지 않으면 흐릿하게 보일 뿐이다. 이것이야말로 앎과 무지의 공존을 보여주는 단면이 아닐까.

오히려 생각은 잘 모르는, 흐릿한 영역에서 자유롭게 확장되기도 한다. 궁금한 것은 규정할 수 없기에 여러 질문을 헤아려봄으로써 해답을 찾게 된다. 이때, 좀 더 넓은 범위에다 객관적인 시야를 확보할수록 논리적인 해답도 얻어내기 쉽다. 그러므로 잘 모른다고 생각하고 있을 때야말로 진정한 '앎'을 향해 나아갈 수 있는 시기다.

그때야말로 중후함을 갖출 수 있다. 나이의 중후함이 아니라 태도의 중후함 말이다. 모름을 아는 중후함이야말로 많은 것을 볼 수 있고, 넓은 것을 시야에 넣을 수가 있다. 그렇게 함으로써 의미 있는 판단을 하게 되며, 더 나은 삶을 건설할 수 있다. 그러니까 너무 잘 알려고 애쓰지 않아도 된다.

'전문'이나 '최고'라는 말을 달고 사는 사람들은 한편으론 많은 것을 놓치고 있는지도 모른다. 그러니 잘 모른다고 주눅들 필요가 없다. 잘 모르는 만큼 얼마든지 질문할 수 있고, 얼마든지 강구할 수 있다. 그것만으로도 이미 '아는 것'이 된다.

고통의 역치

고통이라는 단어는 서술어 '겪다'와 풀이를 같이한다. 고통을 겪는 것은 통증을 수반하고 있다는 뜻이다. 몸이 아프든 마음이 아프든 간에 고통스러운 순간에는 반드시 끝을 바란다. 그래서 고통은 겪는 것보다 겪지 않는 것이 상책이다.

그러나 간접적으로 겪는 고통도 직접적으로 겪는 고통과 맥락을 같이할 수 있다. 고통스러운 자의 고통을 지켜보는 것만으로도 마음의 고통은 갑절이 된다.

하지만 직접 겪어보지 않는 이상, 타인의 고통을 나름대로 가늠해서는 안 된다. 고통이 지극히 주관적이고 상대적이기 때문이다. 공감한다고 해서 직접적인 고통은 겪는 것은 아니니 타자의 고통을 함부로 재단해서는 안 될 일이다.

그럴 것이 직접 고통을 겪고서야 가늠할 수 있는 것들이 있다. 가난과 상실, 좌절 등이 그것이다. 한 번도 가

난해 본 적이 없거나 가장 소중한 것을 잃어본 적이 없는 사람은 그와 같은 고통을 겪는 타인의 심정을 공감할 수조차 없다. 무릇 타자의 처지가 안타까워 마음이 절절해지는 순간을 고통쯤으로 이해해서는 안 된다.

흔히 포용을 앞세워 동정과 위로를 건네는 이들이 있다. 그런 가벼운 공감이야말로 가장 유해한 행동이다. 고통은 절감되는 것이 아니라 내 안으로 흡수시키는 것이라서 그렇다. 고통이란 그런 것이다. 절실히 느끼고 받아들인 후에야 잠잠해지는 법, 그게 바로 고통의 실체이다.

그러므로 무너져 본 적 없으면서 무너지는 자의 고통을 함부로 헤아려서는 안 된다. 타인의 고통을 보면서 가늠하고 판단하는 것은 아주 쉬운 일이다. 누구나 할 수 있는 가벼운 행위로 타인의 아픔을 다루는 건 조금 비열한 일일 수도 있다.

미국의 소설가 수전 손택은 《타인의 고통(이재원 옮김, 이후, 2007)》에서 "우리가 보여주는 연민은 우리의 무능력함뿐만 아니라 우리의 무고함도 증명해 주는 셈이다. 따라서 (우리의 선한 의도에도 불구하고) 연민은 어느 정도 **뻔뻔**한 (그렇지 않다면 부적절한) 반응일지도 모른다"라고 했다. 결국 고통은 시간적, 공간적으로 주체의 인내와 상쇄 작용을 일으키므로 타인의 고통에 대해 우리는 다시 한번 생각해 보아야 한다.

그러한 고통에는 저마다의 역치가 존재한다. 얼마만큼 인내할 수 있는지는 개개인의 한계에 따라 달라진다. 자칫 고통을 자기 입으로 연발하는 사람은 그 고통의 깊이를 헤아리지 못하는 사람일 수도 있다. 사실 고통스러울 때는 입도 벌어지지 않는다. 그것을 견디느라 온 힘을 쏟기에 가볍게 입을 놀릴 새가 없다.

그도 그럴 것이 아주 작은 시련의 고통으로도 쉽게 무너지는 사람이 있는 반면, 거대한 사건에 삶이 흔들릴지라도 쉽게 무너지지 않는 사람도 있다. 고통은 저마다의 역치에 따라 다르게 발현되므로 타인의 고통을 쉽게 가늠해서는 안 된다. 그러니 타인의 고통을 안다며 이해하려고 하지 말고, 결코 이해할 수 없음을 안타까워해야 한다. 이것이 타인의 고통을 대하는 겸손한 방법이다.

우리는 어쩔 수 없는 고통에 대해 자감하는 능력을 키우는 것이 좋다. 어차피 고통은 스스로 견디지 못하면 끝도 없이 지속되는 것이다. 누군가의 연민으로도 결국 완전한 고통에서 벗어날 수가 없다. 그러므로 인내를 기르는 것, 고통과 나란히 동행할 줄 아는 힘을 길러내야 한다. 그 때에는 비관을 멀리하며 타인과의 비교도 가볍게 여겨야 할 것이다.

그러나 명심할 것은 대부분의 고통이 성장을 동반한 다는 사실이다. 모든 고통이 성장을 도모하는 건 아니지 만, 성장이야말로 고통 없이 이루어진 적이 없다. 고통 없 는 편안함과 안락함이 자칫 도태를 야기하는 달콤한 함정 이었던 적이 많지 않았던가. 고통이 성장을 동반한다는 긍 정적인 자각만으로도 얼마든지 고통을 버텨낼 용기를 얻 을 수 있다. 결국 제 안에는 모든 걸 해결할 수 있는 능력 이 있다. 우리 모두가 그러하다.

오늘도 멜랑콜리한 이들에게

덴마크의 철학자 키에르케고르는 "멜랑콜리야말로 무사태평한 웃음 속에서 메아리치는 이 시대의 질병이다"라고 말했다. 그의 말처럼, 혹여 멜랑콜리가 자신의 기분을 저미기라도 하면 질병에 걸린 듯 처방약을 찾기 위해 분주하다. 당장 치료하지 않으면 삶이 파괴될 것처럼 조급함이 앞서기도 한다. 그래선지 멜랑콜리한 기분을 배척하는 일은 마치 행복을 찾는 지름길인 것만 같다. 슬로베니아 출신 철학자이자 사회학자 레나타 살레츨도 행복에 대해 다음과 같이 직설적으로 표현했다.

"'행복하라'는 사회적 명령이 되었다. 당신이 행복하지 않으면, 당신은 실패한 것이다."

어쩌면 행복을 전시하는 작금을 사는 우리에게 '행복'은 누려야 할 권리가 아니라 가져야 할 의무가 되었는지도 모른다. 누구든지 세상의 낙오자가 되기 싫다면 반드시 멜랑콜리를 걷어내야 하고 행복을 좇아야만 한다. 때문에 살아 있는 의식 속에서 멜랑콜리는 허락되지 않는다. 외려 그것을 외면하고 핍박하여 결코 드러날 수 없게 시약불견視若不見할 뿐이다. 왜냐하면 사회적인 명령처럼 우리는 수시로 행복해야 하고, 시종일관 무사태평한 웃음을 지어야 하기 때문이다.

행여 누군가의 '멜랑콜리한 기운'이라도 새어 나오면 모두가 촉을 세워 견제한다. 그 우울이 내게 전염되지 않도록 스스로를 보호하려는 것이다. 지금 만연하는 멜랑콜리는 우리에게 숙제와 같은 어쩌면 전염병과도 같은 극단적인 거부 현상을 일으키고 있다. 정신적인 문제로 치부되어 음울하고 가망 없는 존재로 각인될까 봐 우리는 행복을 향해 필사적으로 미소를 짓고 총총히 오늘을 걷고 있다.

그럼으로 행복이라는 원대한 가치를 좇으며 사는 것이야말로 절대적인 목표로 간주된다. '우울하지 않을 것' 또는 '우울 속으로 침잠하지 않을 것'이 기준이 되어 행복의 굴레 속으로 스스로를 옭아맨다. 날마다 기쁘게 타오르고, 수시로 만족과 재미를 느끼는 것이 세상이 제시한 표준처럼 살아가고 있다. 그러나 그것이야말로 자기기만이 아닐까.

멜랑콜리는 사전적 정의로 우울 또는 비관주의에 해당하는 인간의 기본적인 감정을 칭한다. 여기서 주목할 것은 멜랑콜리가 인간의 기본적인 감정이라는 사실이다. 분노나 짜증과 같이 터부시되거나 견제해야 할 감정이 아니라는 것이다. 멜랑콜리는 인간의 내면에 저절로 생겨 자연스럽게 스며드는 일상적이고도 보편적인 감정일 뿐이다. 그래서 나는 현대 사회의 반反 멜랑콜리의 의식에 대해 반기를 들고 싶다.

우리는 날마다 호흡하며 살아간다. 호흡은 존재의 가치를 규정한다. 다시 말해, 숨을 들이마시고 내쉬는 과정만으로도 내가 살아 있음을 느낀다.

호흡은 그리스 신화의 프시케의 어원으로, 영혼을 상징하고 있다. 그러므로 호흡은 영혼이기도 하다. 영혼을 실은 호흡은 저마다의 악보를 그리며 생生의 음을 생성하고, 시간에 따라 자연스레 흘러간다. 높거나 낮게, 때로는 거칠거나 부드럽게 생生의 시절이 악보를 그리며 끊임없이 흐른다. 그곳에는 기쁨과 노여움, 슬픔과 즐거움이 있듯 멜랑콜리도 감정이라는 구역 안에서 같은 결을 이루고 있음을 부정할 수가 없다.

멜랑콜리는 원초적인 자아이기도 하다. 거친 세상에

서 자아의 탄생은 일단 멜랑콜리적이다. 혼자서 살 수 없는 인간의 특성도 멜랑콜리하며, 그 점을 환기하려고 서로 관계를 맺고 원치 않는 조울 반응을 얻기도 한다.

그래서 멜랑콜리할 때마다 적잖이 당황하며, 자신의 모습을 부정하곤 의도적인 '즐거움'을 찾는 여정을 반복한다. 곧장 힐링 스폿을 찾고, 힐링 아이템을 사며 자신을 위로한다. 당장은 멜랑콜리로부터 벗어날지언정 결국 영원한 행복을 얻을 수는 없다. 잘 생각해 보면, 그러한 이유가 자아 상실의 고통을 오롯이 느끼지 않아서다. 멜랑콜리(원초적인 자아)를 외면한 탓에 본질적인 슬픔이 반복되는 것이다.

발터 벤야민은 "근심·걱정은 자본주의 시대에 적합한 정신적 질환이다"라고 말했다. 그의 말처럼 멜랑콜리를 시대상의 자연스러운 시선으로 바라보면 어떨까? 단지 질문을 품게 하고 심연의 순간으로 나아가게 하는 '기분'의 일부분으로 말이다. 멜랑콜리가 의욕과 동력을 아무리 가지려 해도 되지 않는 것은 그것이 깊이와 멈춤의 소용돌이를 이끌기 때문일 것이다. 깊어지기 위해서는 반드시 멈춰서야 한다. 앞으로 나아가면서 동시에 깊어지는 일은 일어나지 않는다. 인생에는 때때로 움직임을 멈추고, 깊이

들여다보아야 알 수 있는 것들이 있다. 그러므로 인생도 자아도 깊이 이해하려면 멜랑콜리적이어야 한다. 그것이 야말로 이 시대의 멜랑콜리를 대하는 꽤 괜찮은 방법이지 않을까?

냉정할 용기

짐짓 그 무게가 무겁고, 뿌리는 깊어서 쉽게 지닐 수 없는 것이 있다면 무엇일까. 아마도 그것은 용기이다. 용기야말로 필요할 때마다 쉽게 취하기가 까다로웠던 무엇이다.

우리는 머뭇거리는 순간마다 어딘가에 있을 용기를 찾느라 두리번대는 일이 종종 있다. 그 무게 혹은 불명의 근원 탓인지는 몰라도 용기를 갖는 일은 꽤 어렵게 느껴진다. 그럴 것이 인생을 살면서 결단과 행동이 필요할 때마다 용기는 마땅히 필요한 전제가 된다. 용기로써 의지가 작용하고, 곧장 실행하게 하여 삶이 앞을 향해 나아갈 수 있게 한다.

앞으로 나아가거나 일어설 때는 마땅히 용기로 그와 같은 추동력을 얻어야 한다. 그래선지 내부가 아닌 외부에서 용기를 구하느라 분주한 이들도 더러 있다. 그들은 책을 통해 쉽고 빠른 추동력을 얻기도 하고, 자신을 일으켜 줄 손길을 향해 손을 뻗거나 조언을 구하기도 한다. 그럼으로써 용기를 얻는다. 용기야말로 외부의 힘에서도 얼마든지 얻을 수 있는 것이다. 그래서 용기는 진실로 원하고 찾는 자의 몫으로 할당된다. 그러나 내부이건 외부이건 간에 용기를 얻는 지점은 그다지 중요하지 않다. 다만 확실히 고려해야 할 것은 용기의 온도이다.

　용기는 저마다 온도를 달리한다. 어떤 용기는 뜨겁고, 어떤 온도는 차갑다. 그도 아니면 미온한 온도의 용기도 있다. 어떤 온도를 취하느냐에 따라서 행위의 결과가 달라질 수 있다는 것을 명심해야 한다. 예를 들어 누군가가 부탁했을 때, 미온한 온도의 용기로써 부탁에 응하게 되면 스스로 후회와 번뇌에 시달리게 된다. 타자에게는 득이 되었을지언정 저 자신에게는 실이 되는 상황을 맞이할 수 있다. 그러므로 '나'의 관점으로 호오好惡를 분별할 수 있는 냉정한 판단력과 차가운 용기가 꼭 필요한 이유이다.
　뜨거운 용기 또한 목적 달성에 그다지 도움이 되지 않는다. 왜냐하면 목적이나 목표를 실행하려면 제 안의 용기가 활활 끓어오르도록 날마다 발화점을 향해 애써 데워야 한다. 그러한 노력이 시들해지면 용기의 온도도 그에 따라 낮아지고 만다. 작심삼일은 불같은 용기가 실행력으로 잠시나마 둔갑했을 때이다. 그래서 당장은 타오르겠지만, 오래도록 타오르지는 못한다. 뜨거움은 찰나이며, 순간이기 때문이다.

그러므로 마냥 뜨겁거나 미온한 용기의 온도는 웬만해선 취하지 않는 것이 좋다. 특히 분명한 결과를 도출하고 싶다면, 그 결과가 차갑고도 냉정한 용기의 온도에 달려 있다는 사실을 기억해야 한다. 그것은 냉철한 상황 판단과 분석적인 사고력에 의해 얼마든지 취할 수가 있다.

냉정한 용기를 적시에 분별하기 위해서는 제 감정에 취하거나 타자의 시선이나 의견에만 집중하는 것은 좋지 않다. 고립된 생각은 자연히 발화점을 높여 강렬한 의식을 고양시킨다. 그러므로 전체를 아우르는 식견을 갖추고, 편향된 사고를 멀리하는 건 냉정한 용기를 취하는 방법이 될 수 있다.

적시 적소에 용기의 온도를 가늠할 줄 아는 것은 저 자신을 잘 파악하고 있다는 방증이기도 하다. 나의 호오와 에고를 인정함으로써 사람은 결국 스스로 지혜로워진다. 《다산의 마지막 질문(조윤제 지음, 청림출판, 2022)》에 의하면 순자는 "지혜로운 사람은 자신을 알고, 어진 사람은 자신을

사랑한다"고 설파했다고 한다. 그러므로 나는 누구이고,
나를 위한 삶이 어떤 것인지 늘 집중하며 살아야 할 것이
다. 그것이야말로 냉정할 용기를 갖게 함이다.

무기가 되는 말

모두가 알다시피 상대를 공격하는 순간 도구는 곧장 무기로 전락하고 만다. 의사소통의 도구인 말도 마찬가지다. 상대를 공격하는 말은 단연 무기가 된다. 그 말은 상당히 날카로워서 서로의 마음을 오가며 비난과 증오를 증폭시킨다. 그래서 상대뿐만 아니라 저 자신도 찌르는 무시한 무기가 되고 만다.

무기가 되는 말은 대개 차별과 멸시, 배척과 모욕 같은 저의를 내포하고 있다. 상대보다 우위를 점하겠다는 욕망과 자만도 곧장 무기의 말을 만들고 만다. 정작 그러한 말은 실체를 잘 드러내지 않는다. 그래서 아무렇지 않은 듯 흘러 들어와 점점 날을 세우기도 한다. 또는 물음표로 다가와서 애매한 의심이나 자멸의 상태에 빠지게도 한다. 어떤 말은 불가피한 상황과 시간에 맞물리는 바람에 금세 무기로 돌변하기도 한다. 그 밖에도 생각지 못한 보이지 않는 말은 언제라도 무기가 될 수 있다.

그러한 말을 잘 살펴보면 배려와 온정은 없고, 오만

과 기만과 독단으로 응집되어 있다. 그 때문에 귓속을 파고들기라도 하면 오물을 끼얹은 듯 말의 악취로부터 한동안 헤어 나올 수가 없게 된다. 주의해야 할 것은 무기가 된 말은 사라지기는커녕 마음속으로 서서히 침잠한다는 것이다. 심연에 가라앉아 마음을 짓누르는 탓에 일상에 생채기를 내는 경우도 허다하다.

따라서 무기가 되는 말을 애초에 스스로 분별해 낼 수 있어야 한다. 그러려면 각자의 대장간을 잘 살펴야 한다. 쇠를 갈거나 두들겨서 연장을 만드는 대장간처럼, 우리의 마음속에도 말을 다듬고 연마하는 대장간이 있다. 우리는 각자의 대장간을 제대로 책임지는 대장장이가 되어야 한다. 연장의 질, 그러니까 말의 깊이는 대장장이의 관심과 노력에 따라 충분히 달라질 수 있다. 그래서 말을 제대로 할 줄 아는 힘을 기르기 위해서는 마음속 대장간에서 날마다 연마의 기술을 터득해야 한다. 행여 자신의 말이 무기가 되지 않도록 말이다. 그렇게 하기 위해서는 다음의 두 가지를 유념하면 좋을 것 같다.

첫째, 자기 자신을 알아야 한다. 저 자신을 모르면 애매한 말을 하게 되고, 그 말은 금세 상대에게 왜곡된 의미로 전달되곤 한다. 말은 발화된 이상 절대로 다시 주워 담을 수가 없다. 다시 말해 말은 누군가의 귀로 흘러 들어간 이상 영원히 사라지지 않는다. 분명 영원한 것은 없다는데 말만큼은 예외가 된다. 더구나 정체성 없는 누군가가 여과 없이 뱉어낸 말은 한없이 가볍기만 하다. 그처럼 참을 수 없는 가벼움이야말로 말로써 지양되어야 할 요소이다.

둘째, 삶의 기개를 갖춰야 한다. 내가 오물을 뒤집은 상태에서 상대를 더럽히는 것이고, 내가 뾰족한 상태에서 상대의 화를 부추기는 것이다. 그러니까 삶의 태도와 방식이 시나브로 자신의 말을 구성하고 있다는 사실을 간과해서는 안 된다.

끝으로, 모든 날카로움은 단단한 것으로부터 상쇄된다. 부딪혀 마모되어 결국은 부드러워지는 거다. 말 역시 그렇다. 날카로워서 무기가 될 수 있는 말은 단단한 마음으로 단련할 수가 있다. 그러한 마음은 자신을 굳게 믿고 세우는 마음가짐에 기인하며, 관계가 확장되는 기반이 된다. 또한 그것은 어떤 것도 뚫지 못하는 막강한 방패가 된다.

한마디 말

'위기가 아니라 기회다. 끝이 아니라 시작이다. 짐이 아니라 무게다.'

위와 같은 문장에서 한마디 전환만으로도 우리 생각은 재빨리 변화할 수가 있다. 궁극적으로는 양난에 빠지지 않게끔 새로운 생각을 이끌어서 긍정적인 마음을 갖게 한다. 한 곳에 있더라도 어떤 이는 지는 해만 보고, 또 어떤 이는 뜨는 달도 함께 보는 법이니까.

그러므로 굳이 부정적인 한마디로 상황을 매몰시킬 필요가 전혀 없다. 말 한마디 전환으로도 지금 맞닥트린 형편의 태세를 바꿀 수 있어서다. 도저히 상황을 변화시킬 용기가 나지 않는다면, 그것을 규정짓고 있는 자신의 한마디부터 점검해 보자. 나도 모르게 내뱉고 있는 말속에서 '위기'를 지워 '기회'를 넣고, '끝'을 지워 '시작'을 채워 넣는 순간 눈앞이 선명해지고 발걸음은 더욱 가벼워질 테니.

예컨대 나는 나 자신을 짐이 많은 사람이라고 규정하

고 살았다. 그 같은 짐은 어딜 가나 나를 대변하는 꼬리표가 되었다. 더구나 짐이 하나둘 늘어날수록 만족하기는커녕 불만만 가중됐다. 그 때문에 자주 한숨을 쉬었고 한껏 불평을 늘어트린 적도 많았다.

사실 사회가 나라고 규정짓는 꼬리표에는 내가 지내온 가정환경이나 겪어온 방황과 실수, 각각의 공간에 부여된 어쩔 수 없는 역할이 포함되지만, 그건 더 이상 본연의 내가 아니라고 생각했다, 그것은 단지 태어날 때부터 정해진 운명의 사슬이었거나, 숱하게 넘겨졌던 과거의 행적이었고, 사회로 융화되려는 애씀일 뿐이었다.

그러나 세상은 그게 곧 나라면서 거기에 점수를 매기거나 지엽적으로 귀속시키려 했다. 때론 누구와 저울질 되어 속절없이 가벼운 존재로 느껴져 세상이 원망스럽기도 했다. 그래서 짐을 지고 가야 할 때면 삶은 매번 고달픔으로 다가왔다. 내가 가진 것으로는 누구의 시선도 얻지 못하니 막막하거나 서글픈 기분에 자주 휩싸였다.

그러자 나는 짐을 향해 촉을 겨누기 시작했다. 그로부터 벗어날 수 있다면, 차라리 무너트리고 싶은 심정이었다. 그러나 화살 시위를 잡아당겨 던진 다음에야 알게 된 사실이 있다. 화살촉에 맞아 쓰러진 것은 내 짐이 아니라 여태껏 나를 지탱하고 있던 무게였음을. 스스로 겨눈 화살에 맞아 울부짖는 곡소리로 내 마음은 한동안 말도 못하게 찢어졌다.

내게 주어진 여러 짐을 나의 무게로 인정하면서부터 내 마음에도 변화가 일기 시작했다. 무게야말로 내 몸을 지탱하고, 곧추서게 하거나 흔한 바람에도 흔들리지 않게 하는 고마운 요건이 아니던가. 지난날의 나는 '내 짐을 끌고서 과연 나아갈 수 있을까'를 고민했다면, 이제는 '내 무게로 어떻게 나아갈까'를 고민한다. 그러자 주어진 환경과 과거와 역할을 탓하지 않고 오롯이 나에게 집중하기 시작했다. 자연스레 삶의 목적도 달라졌다.

그처럼 제 짐을 견디는 자는 결국 언젠가는 주저앉겠지만, 제 무게를 견디는 자는 그럼에도 끝까지 나아가게 된다. 자신의 무게를 견딜 줄 아는 자만이 곧은길을 향해 앞으로 향할 수 있는 것이다.

나에게 있어 '짐'이 아니라 '무게'라는 한마디의 전환은 책임감을 갖게 하여 스스로의 가능성을 점지하게 했다. 그만큼 한마디 말에는 위력이 있다. 어떤 한마디를 하느냐에 따라서 내가 내딛는 걸음이 방향을 트는 경우는 흔하다. '내가 할 수 있을까?' 의심하는 순간 그 일은 점점 멀어질 테지만 '내가 하면 된다' 말하는 순간 언젠가 그 일을 이루고야 말 것이다. 되도록 긍정적이고 가능성 있는 한마디가 꼭 필요한 이유다.

사랑의 형태

이것은 무슨 말일까? 늘 다하지 못하는 말, 해도 해도 충분하지 않은 말, 언제 들어도 기분 좋은 말, 숨이 다하는 날까지 절대 멈추지 않는 말에 대해서 한번 짐작해 보자. 물론 이 글의 제목에서 금방 가늠해 볼 수 있다.

정답은 바로 '사랑한다'는 말이다. 짧다면 짧은 인생인데 살면서 사람들은 저마다 사랑을 느끼는 것으로 그치지 않고 그 사랑을 다시 전하고 싶어한다. 왜 사람은 살아가면서 그토록 사랑에 매달리는 것일까? 아마도 사랑이란 건 '절대로 채워지지 않는 갈증'인가 보다. 그게 아니라면 사랑을 완전하게 가져본 적이 없어서 애타는 것인지도 모르겠다. 그렇지 않다면 꺼져가는 숨결에서도 상대에게 사랑을 전하려고 그렇게나 필사적일 수가 없다. 대체 사랑은 어떤 것일까?

살펴보자면 사랑의 발화는 시선의 끝에 닿아 있다. 다시 말해 시선이 머물러 있는 곳, 자꾸 보게 되고 뒤돌면 그리워지는 시선의 끝에서 우리는 비로소 사랑을 발화시킨다. 대개 머물지 않고 쉬이 스쳐 가는 시선에는 사랑의 감정이 깃들지 않는다. 그렇게 가만히 자신의 시선을 따르나 보면 종종 사랑의 흔적이 발견되곤 한다. 그곳에는 시선이 머물렀거나 머물고 있어서 언제든 자신의 마음이 동할 준비가 되어 있다. 그래서 사랑은 머무름의 순간이고, 멈춰 있는 시간 속에서 존재한다.

어쩌면 숨이 다하는 날, 숱한 사람들의 입에서 '사랑해'라는 말이 머물렀던 이유는 사랑하는 상대와 함께 그 순간을 향유하며, 실재계에서도 영원히 살아 있고자 함이다. 그러니 사랑한다는 말만큼 가슴 저리는 말도 없다.

또한 사랑은 시선을 사로잡아 시상에 잡힌 대상에게 마음을 투영시킬 수가 있다. 그러다 보니 눈에 보이지 않는 상대에게 '사랑'을 전하기는 매우 어려울 수밖에 없다. 영상이나 음성을 통해서 사랑이란 감정의 교류는 가능하겠지만, 눈을 통한 시선의 교감은 일지 않으니 사랑은 의문이다. 재차 확인하고 확인해 봐도 상대의 마음에 나의 사랑이 가닿았는지를 가늠해 볼 수가 없다. 이럴 때는 누구든지 답답하고 애절한 마음만 가중되어 힘들어진다.

그렇다면 보이지 않는 사랑을 어떻게 하면 좋을까. 사랑하는 상대의 눈을 마주하지 못해 교감할 수 없다면, 일단 마주 볼 수 있도록 사랑의 형태를 달리 해보는 것이다. 다시 말해 보이지 않는 사랑을 보이는 사랑으로 치환해 보는 것인데, 나의 사랑을 상대의 눈을 통해 보여주는 것이다. 그것은 여백 위에 사랑이라는 기표를 나만의 기의로 해석하여 글자로 채우는 방식이다. 상대의 시선이 머무를 수 있도록 사랑을 편집하고 구성해서 상대의 눈으로 하여금 읽히게 하면 된다. 꾹꾹 담은 마음이 글자로 대체되어 상대의 눈을 통해 비춰질 때 비로소 머무름의 순간을 맞이할 수 있다.

앞서 말했듯 사랑은 머무름의 순간이고, 멈춰 있는 시간 속에서 존재한다. 그럼으로써 두 사람의 사랑이 제대로 공유된다. 그러한 사랑은 숨길 수 없고, 의도할 수도 없으며, 내면의 진실을 그대로 투영한다. 완벽한 문장이 아니더라도 진심을 담아낼 수 있기 때문에 사랑은 눈동자의 진실과 얼추 비슷하기도 하다. 그래서일까? 사람은 눈을 감는 순간까지 세상의 모든 것을 보지 못했음을 후회하듯 사랑을 다하지 못한 일도 후회한다. 그러므로 우리는 눈을 통해 사랑을 하고, 그 사랑을 다시 시선으로 담아내야 할 것이다. 그곳에 빛이 있고 희망이 있고 진심이 있으며 전부가 있기 때문이다.

그래서 사랑은 보이는 것이고, 보여주는 것이며 항상 보고 싶은 것이다. 간혹 시선을 따르는 것만으로도 얼마든지 사랑을 찾을 수 있다. 그러니 주체적으로 사랑하며, 사랑하자. 생명이 다하는 날까지 사랑을 좇으며 살아가자.

제 2 부

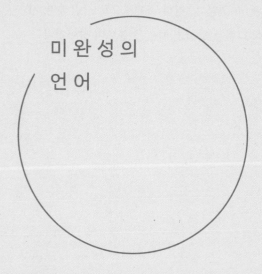

미 완 성 의
언 어

"내 언어의 한계가 곧 내 세계의 한계"

— 비트켄슈타인

'한결같다'의 이면

생각해 보면 글에는 보이지 않는 힘이 있다. 우연히 스치는 글귀에 저절로 마음이 동하기도 하고, 넘기려는 책의 페이지에 두 눈동자가 하염없이 붙잡히기도 한다. 글이 장사 같은 힘을 발휘할라치면 나는 당해 낼 재간이 없다. 때문에 글 한번 써 보려고 멈춰 서 있다가 온종일 시간을 빼앗겨 버린 적은 셀 수 없이 많았다.

무릇 글의 힘은 어디에서부터 비롯되는가. 글은 활자의 모음이고, 활자는 각기 모여 단어를 이룬다. 단어는 물질과 비물질을 표현하는 어떤 합치에 관한 정의이다. 살아 움직이든 살아 움직이지 않든 세상에 존재하는 모든 것은 하나의 단어로 어렵지 않게 설명된다. 그래서 나는 생소하거나 뜻을 모르는 단어를 만날 때면 새로운 사람을 맞는 것처럼 마음이 들뜬다. 마음이 들뜨면 동공이 커지고 눈빛도 반짝인다. 그런 때야말로 살아 있는 느낌을 만끽할 수 있는 순간이기도 하다.

그런데 며칠 전 익숙한 단어 앞에서 생소한 느낌을 강하게 경험했다. 그 단어는 '한결같다'로, '① 처음부터 끝까지 변함없이 꼭 같다. ② 여럿이 모두 꼭 같이 하나와 같다'라는 사전적 의미를 지니고 있다.

어려서부터 나는 한결같음이 참 좋았다. 좀 더 구체적으로 말하자면, 절대 변하지 않는 것이 세월 혹은 사람을 배신하지 않는 것이라고 생각했다. 그래서 가끔 만나더라도 변치 않고 한결같은 사람이 되고 싶었다. 그와 같은 마음은 물건에서도 통했다. 어떤 것은 항상 그 자리에 있어야 할 것처럼, 나름의 배치를 규정하곤 했다. 언제나 그렇듯 처음과 끝이 다르지 않은 사람들에게 자연스레 마음 한편을 더 내어주려고 애썼다. 하지만 시간이 흐르고 보니 이제는 그 한결같음이 썩 달갑게 느껴지지 않는다. 늘 그 자리에서, 늘 같은 생각을 하는 한결같은 사람들과 외려 한 발짝 거리를 두려고 한다. 언제부턴가 그 한결같음이 '신념'과 같은 색을 띠고 있었기 때문이다.

그렇다면 변하지 않는 것은 좋은 것일까? 아니면 좋지 않은 것일까? 물론 이 같은 물음 앞에 명쾌한 해답을 내놓기가 쉽지 않다는 것을 안다. 영원히 변하지 않는 것이 어느 누군가에겐 좋기도 하고 나쁘기도 할 테니까. 풀리지 않는 숙제 앞에서 나는 한결같음을 앞서 똑같은 질문으로 되묻고 싶어졌을 뿐이다.

세상은 변한다. 싱싱했던 채소도 며칠이 지나면 숨이 죽어 그 푸르른 생명력을 잃는다. 늘 그 자리에 있을 것 같은 단골집도 어느 날 찾아가 보면 홀연히 사라져 있다. 하물며 하루에도 몇 번씩 요동치는 내 마음은 어떠한가.

마음 따라 생각의 결도 바뀌기 마련이다. 그런 변화 안에서도 나는 늘 한결같음을 강조했다. 항상 그 모습 그대로 내 곁에 있어 주길 바라는 식으로. 그 또는 그녀가 혹은 오늘이 여전할 것만 같은 한결같음을 나도 모르게 바라고 있었다. 나는 그 한결같은 마음의 기대를 당장 접어야만 했다. 그것이 타인과 세상을 향한 변화를 거부하는 나의 외고집이라는 것을 자각했기 때문이다.

나도 이렇게 변하고 있는데 어떻게 너는 변하지 않을 수 있을까? 이 물음 앞에서 한결같다는 말은 어리석고도 덧없는 표현일지 모른다. 애써 간직해 온 한결같았던 순간들은 고집을 버리자 순식간에 안개처럼 뿌옇게 흩어졌다. 그렇다. 한결같은 건 처음부터 이 세상에 존재하지 않는다.

폴란드의 시인 타데우시 루제비치는 〈노파에 대한 이야기〉란 작품에서 '늙은 여자들의 한결같은 노동'을 읊었다. 시인이 세상에 말하고자 한 것을 확인하고 느끼는 것은 작품을 읽는 독자의 몫이리라. 다만 나는 시인의 표현으로 작금의 상황을 에둘러 드러내고 싶어졌다. 내 생각에 '한결같은 노동'이라 함은, 평온하게 지속되어 온 애씀을 나타낸다 할지라도 요즘에는 고루한 표현으로 전락하는 것만 같다.

　　예를 들어 결혼과 동시에 여성들은 새로운 가정에서 '늙은 여자들의 한결같은 노동'에 고스란히 노출된다. 시댁의 가사에 적극적으로 참여해야만 하는 '한결같은 노동'이 곳곳에 여전히 존재하고 있기 때문이다. 아무리 김장철에 김장하는 가정이 적다지만, 그래도 우리 시댁은 며느리의 손길을 여전히 필요로 한다. 명절이나 제삿날에 음식차림을 거드는 일도 마찬가지다. 물론 이제 막 결혼을 한 젊은 부부들은 전통적인 가족문화를 무조건 답습하려 하지 않는다. 그럼으로써 현대문화를 창조하는 데에 기여하기도 한다.

　　그러고 보면 누군가의 노동을 위한 애쓰는 힘은 일정하게 유지되는 것 같아 보인다. 육체노동뿐 아니라 정신노

동도 그처럼 한결같다면, 바꿔 말해 일정한 강도로 사람의 몸과 정신이 노동으로 소진된다면 엄청난 시련이 되지 않을까. 한결같은 노동이야말로 현시대를 바쁘게 살아가는 젊은이들에겐 그저 압박이고 시달림의 행위일 뿐이다.

그러니까 '한결같음'은 파국으로 가는 길에서 그리 멀리 떨어져 있는 표현이 아니다. 설령 한결같아 보이더라도 내면엔 닳고 닳은 애씀의 흔적이 난무할 테고, 통탄을 금치 못했을 것이다. '한결같음'은 여지껏 그래왔던, 당연함에 취해 머물러 있으려는 한낱 고집일 뿐이다. 누구든 무엇이든 멈춰 있으면 앞으로 나아가지 못하고 발전하지 못한다. 그러면 뒤처지는 건 시간문제고, 그 마지막 결말은 불 보듯 뻔하다. 그러므로 '한결같다', 이처럼 부정적인 말도 없다.

'퐁퐁남'의 등장

언제부턴가 신조어가 된 기표에 계급이 생겨나기 시작했다. 물론 기표야말로 온갖 이데올로기를 표방하고 있어 그 분열의 확산이 이전에도 무수히 발생했겠지만, 오늘날 2030 사이에서 회자되는 어떤 기표에는 분명 보이지 않는 선과 계급이 존재하고 있는 듯하다. (여기서 기표란, 페르디낭 드 소쉬르가 정의한 기호의 근본을 이루는 두 성분, 기표와 기의를 뜻한다)

말하자면 '퐁퐁남'이라고 불리는 기표가 그러하다. 퐁퐁남은 '설거지'를 하는 배우자들을 조롱하는 신조어이다. 가정의 중요한 의사결정에서 발언권이 약하며, 배우자로부터 일방적인 제약을 요구받는 등 노예와 다를 바 없는 '비참한' 결혼생활을 하는 것이 특징이라고 한다. 그러므로 '퐁퐁남'은 자신을 기꺼이 측은하게 여기는 마음에서 비롯된 신조어가 아닐까 한다.

결혼은 서로 다른 두 사람이 만나 한 공간에서 함께 삶을 살아내기로 한 약속이다. 정해진 울타리 안에서 사유하는 공간에는 뚜렷한 선이 없거니와 분열이나 분리 따위로 합치된 영역을 나눠서도 안 된다. 그러나 작금의 현실에서는 탐닉과 소비를 위한 획득과 소유의 총량이 삶의 우위를 점하고 있다 보니, 결혼 생활의 영역 안에도 그 같은 물화의 바람이 일고 있다. 하나의 온전한 기표로 생각해야 할 '우리'가 너와 나, 더 가까이 보자면 '너의 몫'과 '나의 몫'으로 분리되어 저울질 당하고 있는 것이다.

그렇다 보니 둘로 분리된 부부가 공공의 영역 안에서 함께 사는 게 여간 애처롭지 않을 수 없겠다. 모든 움직임에는 제약이 따를 것이고, 내내 불편을 감내해야만 할 것이다. '너'가 차지한 공간에서 밀려난 '내' 공간의 협소함이 못마땅하고, '나'의 몫으로 전가된 '너'의 할당량은 그지없이 가볍게만 보인다. 점점 결혼 생활에 회의를 느끼게 될 것은 분명하고, 그럼으로써 내 처지를 돌아보게 된다.

그러나 '나'의 관점으로 삶을 돌아봤을 때 보이는 것이라곤 나에 대한 측은뿐이다. 결국 '나'는 '너'보다 많이 일했으면서 많이 즐기지 못했고, 그리하여 '너'보다 많이 누리지 못한 것들로 인해 자기 연민이 생긴다. 여기서 비롯한 계산된 삶의 항목들은 더 이상 결혼 생활을 평화롭게 이을 수 없게 된다. 마치 아침 드라마에서 자주 보이는 클리셰의 한 장면 같지 않은가.

　자신의 처지를 안타깝게 여기기 전에, 먼저 생각해봐야 할 것들이 있다. 대개 그러한 생각의 저변에는 '때문에'라는 전제가 깔려 있기 때문이다. 측은한 마음은 어떠한 상황과 인물로 인해 닥쳐오는 애처로운 감정이다. 즉, 대상에서 비롯된 마음 상태다. 그렇기에 대상에 대한 원망에서 한 발짝 물러설 필요가 있다. 화살의 방향이 어딘가에 향해 있을 때, 결국 자신은 저격수가 된다.

　이는 비단 결혼 생활뿐 아니라, 사회 전반에 걸친 관계의 양상에서도 흔히 찾아볼 수 있겠다. '나'를 힘들게 하는 갖가지 상황들 또는 사람들이라고 판단하는 순간, '나'는 어찌할 수 없는 불능의 아이콘이 되고 만다. 결국 문제에 관한 어떤 원인도 내 안에서 찾을 수 없게 된다. 내 안의 무결점이 나를 지탱하게 하는 힘으로 작용하고, 그럴수록 나르시시즘에 빠지게 되는 것이다.

　그러한 악순환을 차치하고서라도, 일단 시대의 한 축을 세우는 젊은 세대에서는 무수히 탄생되는 새로운 기표(신조어)에 대해 일각의 각성이 필요한 때인 듯하다.

프랑스의 현대 철학자 롤랑 바르트의 저서《A Lover's Discourse:Fragment》에는 이러한 문장이 있다.

"언어는 피부다: 나는 그 사람을 나의 언어로 문지른다. 마치 손가락 대신에 언어라는 것을 갖고 있다는 듯이, 또는 내 말 끝에 손가락이 달려 있기나 하듯이. 나의 언어는 욕망으로 전율한다."

바르트처럼 언어를 살갗처럼 여기면 어떨까? 조심히 다가가서 포근히 어루만져 줄 때 누구도 거칠게 대항하지 않는다. 외려 누구나 조심스러운 표상을 거부하거나 배척하지 않고, 기꺼이 받아들이게 된다. 그러므로 '퐁퐁'으로 자신을 치장하기 전에 (거친 기표를 만들어 거기에 자신을 몰아넣기 전에) 오물이 묻어 있는 그릇부터 깨끗이 닦아보자. 한결 가뿐해질지니.

무위와 당위

최근 부캐릭터의 약자로, 본래의 캐릭터 외에 새롭게 만든 캐릭터를 뜻하는 이른바 '부캐' 열풍이 대세다. 이런 흐름은 개인의 역할과 개성을 존중하는 사회의 분위기에서 비롯되었거나 어떤 고립감으로부터 돌파구를 찾는 현상처럼 비치기도 한다. 원인이야 어쨌든 부캐의 유행은 제법 환영받을 만하다.

'부캐'라는 용어가 언급되는 TV 예능 프로그램만 하더라도, 나 역시 시청자로서 오락과 재미를 느끼기에 충분했다. 하지만 TV 속 부캐의 성장과 결실을 지켜보면서 내 삶에도 한 번쯤 부캐를 투영해 보고 싶은 마음이 간절해졌다.

그럴 것이 부캐를 통해서 세분화된 자아를 실현하려는 사람들은 이미 각자의 자리에서 당위만을 좇느라 여념이 없던 사람들이었다. 그들은 사회적 흐름을 틈타 조금씩 변화하기 시작했다. 무위를 좇아도 그럴 만하다고 여기고, 무위 속에서 당위를 찾아내기도 한다.

사전적 의미의 당위란, 마땅히 그렇게 하거나 되어야 하는 것을 뜻한다. 반면에 무위는 아무것도 하는 게 없다는 뜻이 아니다. 구본형의 《인생의 중반에서 만나는 노자 (나무생각, 2012)》에서 무위는 아무것도 하지 않는 것이 아닌 자연의 법칙을 따르는 것이라 표현했다.

지난날의 나는 꿈이나 장래희망 등 오로지 하나의 길을 선택하는 것만이 최대의 관심사였고 삶의 목적이었다. 생각해 보면 학창 시절 학교생활기록부의 장래희망을 적는 여백도 단 한 칸이지 않았던가. 나만의 본캐를 찾고 그것을 완성하는 일, 그것은 자아를 실현하는 유일한 것으로 상당히 지난한 과정이었다. 또한 당위로서 내 삶의 대부분을 차지하기도 했다.

그런데 요즘은 그러한 당위를 좇지 않아도 괜찮다고 말하는 시대에 살고 있다. 내가 원하고 바라는 것을 부캐에 얹어 시도해 보는 것이 마침 자연스러운 현실이 되었기 때문이다. 그래선지 사람들은 늘 바쁘다. 여러 자아를 실현하는 스케줄로도 하루의 시간이 꽉 채워져 있다. 시간이 없다는 변명을 입에 달고 사는 게 한편으론 수긍이 갈 만도 하다. 짐작하건대 우리는 어느 시대보다도 가장 치열하고 열정적으로 살아가고 있는 세대일 것이다. 여러 자아를 실현해 볼 수 있는 최적의 환경을 가졌기 때문이다. 사실 자아실현이야말로 가장 기본적인 인간의 욕구 중 하나가 아닌가.

　　시시각각 싹트는 욕망을 통해서 자신의 자아를 마주하게 되면 진정으로 살아 있게 된다. 그럼으로써 활력이 솟고, 의욕이 생겨 삶을 헤쳐 나갈 수 있는 용기도 얻게 된다. 부캐가 자아실현의 영역으로서 뭇사람들에게 주목받는 것도 그러한 이유일 것이다.

　　당위만 좇는 사람들에겐 지금이야말로 도태되기 십상인 시대이다. 그들은 자신을 특정하면서 지난 시간을 숙제처럼 달려왔겠지만, 그저 당위만을 실현하려는 시도였을 뿐이다. 어떤 이는 그런 의식을 위안으로 삼거나 틀에 맞춰 억누른 채 살아가기도 했다. 그러나 언제든 무위를 통해서 틈틈이 지엽적인 즐거움을 누리며 살 수가 있다. 먹고 싶은 것을 먹거나, 갖고 싶은 것을 가지면서도 삶의 즐거움을 누릴 수 있고, 취미 혹은 역할을 통해서도 의미 있는 시간을 만끽할 수도 있다. 그러니까 단 하나의 어떤 내가 아니더라도 무위의 삶도 그만의 충분한 가치가 있다. 자아실현은 그런 소소한 즐거움을 점점 극대화하는 과

정인 셈이다.

우리가 살아가는 데 있어 어떤 목적으로부터 살아갈 힘을 얻는다는 것을 부정할 수는 없다. 저마다의 목적을 상실하면 왜 살아야 하는가에 관한 물음에 답할 수도 없다. 분명한 목적은 당위의 삶을 살게도 하지만 살아갈 원천으로 작용하기도 한다. 그래서 아무리 무위를 좇는 삶일지라도 당위는 떼래야 뗄 수 없는 본질이라는 것을 명심해야 할 것이다.

그래서 나는 늘 당위와 무위의 기로 앞에서 당황하기 일쑤다. 스스로를 채찍질하다가도 안위를 바라고, 무위를 좇다가도 금세 당위를 좇는 나를 발견한다. 종종 삶이 짐처럼 나를 짓누를 때는 그런 당위로부터 벗어나려 안간힘을 쏟는다. 여행을 가거나 재미를 느끼는 것에 몰두하는 것은 무위를 찾는 나만의 방법이다. 그렇듯 우리는 애써 무위를 찾으려 노력해야 한다.

무위는 때가 되면 자연스럽게 삶 속으로 스며드는 게 아니다. 일상에서도 시시때때로 찾아 나서야 하는 관심을 필요로 한다. 나에게도 그러한 관심을 갖지 않으면 언젠가는 나를 잃게 될 수도 있다. 그래서 원하는 욕구를 좇는 일은, 해야만 하는 욕구를 좇는 일만큼이나 중요하다. 다만 변치 않는 것은 무위를 좇는 하늘이야말로 구획된 땅보다 찬란하게 아름답다는 사실이다. 그러니 오늘도 여러 갈래의 길을 오가며 달리고 있더라도, 가끔 멈춰서 하늘을 올려다 보자.

공간의 상징성

사람에게는 공간空間이 필요하다. 사전적 의미의 공간은 다양한 뜻으로 분류된다. 각 항목에 대한 해석은 어느것 하나 따로 떼어내 생각하기 힘들다. 공간의 한자어를 그대로 풀이하면 아무것도 없는 빈 곳이다. 또 다른 의미로는 물리적으로나 심리적으로 널리 퍼져 있는 범위와, 영역이나 세계를 이르는 표현이다. 공간은 빈 곳이고, 눈으로 보이는 어떤 영역이기도 하며, 보이지 않는 세계이기도 하다.

태아는 자궁 안에서 평균 40주 동안 자라며, 세상에 태어난 아기는 부모의 품에서 양분을 먹고 자란다. 태초부터 사람은 사람의 공간 안에서 안락하게 성장해 왔다. 그러나 사람의 공간에서 성장하지 못한 사람도 있었다. 바로 늑대소년이다. 어려서부터 정글에서 자라 짐승에게 키워진 사람 말이다(예를 들어 스페인의 마르코스 로드리게스 판토야, 인도의 소년 디나 같은 경우). 그들은 사람이지만 동시에 짐승이기도 했다. 공간이 사람을 만든 사례라 할 수 있다.

물가에서 자란 해녀는 물질을 잘하고, 숲에서 자란 사람이라면 야생의 이치를 쉬이 깨친다. 이처럼 사람은 공간의 영향을 받으면서 성장하고 변모한다. 각각의 공간에는 저마다의 고유한 에너지가 있다. 사람을 변화시키는, 사람의 내면을 변형시키는 그런 힘이 있다. 사람과 사람이 만나 연결되면 그에 따라 공간도 역동한다. 그의 공간과 나의 공간이 연결되는 것이다. 공간이 확장되고, 새로운 공간이 만들어진다. 타인과의 접점으로 새로운 공간이 늘수록 사람의 성질은 유여해지기 마련이다.

우리는 두 발을 딛고 서 있는 이 공간 안에서 존재한다. 공간은 나의 존재감을 드러내는 역할을 하기도 한다. '서당 개 삼 년이면 풍월을 읊는다'와 '송충이는 솔잎을 먹고 산다' 등은 공간의 개념을 역설하는 속담이라고 할 수 있다. 지금 내가 서 있는 이 공간은 현재의 나를 대변하는 증거인 것이다.

살다 보면 내가 어디로 가고 있는지에 대한 질문이 떠오를 때가 있다. 등잔 밑은 늘 어두울 뿐이다. 이 질문에 대한 해답은 의외로 어렵지 않게 찾을 수 있다. 내가 속한 공간을 찬찬히 살펴보면 그에 대한 답이 이미 드러나 있다. 단지 그것을 보지 않으려 했거나 보지 못했을 뿐이다.

새로운 인간관계가 형성되면 해당 공간에 대한 탐색을 통해 상대방이 어떤 사람인지를 단번에 알아차릴 수 있다. 현재는 공간을 통해서 나를 드러내는 시기이지 않은가. 그래선지 사람들은 공간을 상하좌우로 구분 짓거나 그 크기를 논하며 의미를 부여하곤 한다. 때문에 공간은 예전보다 더 큰 위력을 발산하고 있는 것이다.

나는 여전히 공간을 통해 상실감과 패배감을 느끼고, 희열과 만족을 얻기도 한다. 미디어 공간에서도 그렇고, 물리적 공간에서도 그렇다. 한 가지 확실한 것은 공간이 엮이고 확장될수록 '살아 있음'의 여운을 만끽할 수가 있다는 것이다. 이런 공간은 그 영역과 성질을 가늠하기 힘든, 존재의 영역인 셈이다.

때로 누군가는 원하는 공간을 얻지 못했다고 아우성이다. 앞으로도 그것을 차지할 수 없겠다고 울분까지 토로한다. 원하는 사람과 연결되지 못했다고, 원하는 사람의 마음을 차지하지 못했다고 투정하는 것과 크게 다르지 않다. 최근 들어 이 같은 공간이 자꾸만 위축되고 있다. 좁아지고 작아져 사람을 우울하게 한다. 서로의 연결이 끊기는 것은 물론이고, 애써 쌓았던 공간마저 무너지는 경험을 하는 사람들도 적지 않다. 모두 공간에서 비롯된 상처다. 공간의 확장 없이는 좀 더 나아지는 인생을 꾸려 나가기가 쉽지 않다. 산다고 해도 그 꼴이 말이 아니다. 그러므로 공간의 연결과 확장을 꿈꾸는 건, 어찌 보면 당연하다.

특히 제한된 구역에서는 관계가 확장되기 어렵다. 딱 거기까지만 인정되는 공간에서는 제약이 뒤따르기 때문이다. 하지만 다른 방법도 있다. 공간이 넓어지는 대신 깊어지면 된다. 무엇이든지 깊어지면 오래 갈 수 있다.

지금 어디선가 고립되어 있다면 차라리 나만의 깊이를 만들어 보면 어떨까. 깊어지면 알게 되는 것들이 있다. 흔한 바람에도 흔들리지 않는다는 사실을. 또한 그 깊이가 내가 차지하는 공간을 지탱할 것임을.

내 뜻대로 모든 것을 이루리라

"내 뜻대로 모든 것을 이루리라는 기필期必을 거두십
시오. 세상은 내 마음대로 할 수 있는 물건이 아닙니다. 그
오만傲慢과 아만我慢을 버려야 합니다."

―《붓다의 치명적 농담(한형조 지음, 문학동네, 2011)》중에서

우리는 하루에도 몇 가지의 목표를 세운다. 한 달 또
는 일 년의 목표를 세우는 데에도 거침이 없다. 게다가 까
마득히 먼 훗날의 계획까지 정해 놓고 그 방향대로 나아
가기를 간절히 바란다. 분명한 목표 의식은 사기를 진작시
키는 좋은 방법이다. 하지만 기필이 자라는 순간, 삶의 목
표가 인생의 전부가 되어 버리고 만다. 내 뜻대로 반드시
이루고 말겠다는 각오가 집착으로 변질된 것이다. 이 또한
오만함이 아닐 수 없다.

오만이 태도나 행동이 건방지거나 거만함이라면, 아
만은 자신을 높여서 잘난 체하고 남을 업신여기는 마음을
가리킨다. 오만과 아만은 그 뜻이 매우 가깝다. 그렇다면

자의적인 목표를 세우고 정진하는 것이 어떻게 오만과 아만으로 비칠 수 있을까.

힘이 넘치고 시간이 풍요롭게 주어졌던 시절에는 도전이 가소로웠다. 패기가 넘치는 나머지 도전만 하면 뭐든 다 해낼 수 있다고 믿었다. '완전한 성공', 그리고 '잠시 미뤄진 성공' 두 사이만을 오간다고 생각했다. 그것을 나는 자신감이라고 여겼다. 반면 누군가는 오만이라고 했다.

그렇듯 능력이나 목표에 힘이 실릴 때가 있다. 그런데 힘이 실리면 마음이 끌리고, 그 마음에 무게가 더해지면 집착이 생겨 시야가 좁아지기 마련이다. 끝내는 이것 아니면 안 된다는 강박에 시달리게 된다. 그러므로 기필은 자신에게 그물을 치는 위험한 생각이다.

그렇다면 기필에서 비롯된 오만의 감투를 어떻게 벗을 수 있을까. 먼저 지나치지도 부족하지도 않은 자신감을 지녀야 한다. 자신감의 과잉은 오만을 낳지만, 결여는 냉소를 불러온다. 본인의 능력치에 만족하면서도 그게 으뜸이라고 여기지 않는 중립적인 태도를 지닌, 그런 겸손을 갖춘 사람에게서는 오만과 냉소를 찾아볼 수 없다.

또한 객관적으로 볼 줄 알아야 한다. 그러면 자신만

의 세계에 좀처럼 빠지지 않는다. 더 나아가 한 곳에 주저 앉거나 제 우물만 파지도 않는다. 시야가 넓어져 그동안 생각하지 않았던 길도 모색할 줄 알게 된다.

스스로가 정한 외로운 길에서 한 발짝 물러나면, 줄 기차게 뻗어 있는 수많은 다른 길이 보이기 마련이다. 고 대하던 길을 끝내 가지 못하더라도 낯선 곳을 향해 새로 운 발길을 내디딜 수 있는 것이다. 생각대로 되지 않는 건, 잘못도 틀린 것도 아니다.

"엘리자가 말했어요! 세상은 생각대로 되지 않는다 고. 하지만 생각대로 되지 않는다는 건 정말 멋져요. 생각 지도 못한 일이 일어나는 걸요!"

—《빨강머리 앤이 하는 말(백영옥 지음, 아르테, 2016)》 중에서

생각한 대로

희망과 집착 사이에는 묘한 신경전이 있다. 단지 마음이 가중된 따위에 경계가 나눠지는 것만은 아니다. 집착도 희망 같은 마음이 존재하지만, 그 목적이 순수하지만은 않다. 집착에는 오롯한 절망이 절실함과 함께 공존하기 때문이다. 그래서 집착이 목표를 달성하지 못하면 그 후엔 절망밖에 남지 않는다.

하지만 희망은 집착과는 다르다. 목표를 달성하지 못해도 희망은 절망으로 전락하지 않는다. 희망은 무조건적인 가능성을 확신하지 않기 때문이다. 그래서 희망은 집착처럼 절박한 모습을 띠지 않는다. 희망 안에서는 조급함이나 절박함과 같은 절망의 가지들을 찾아보기가 힘들다. 또한 희망은 가뿐하다. 무겁지 않아서 쉽게 이동하기도 한다. 이리저리 떠다니는 희망적인 사고는 행동에 기분 좋은 동력을 선사한다. 그런 희망은 뿌리 깊은 자신감이나 괴팍한 자만심과 어울리지도 못한다.

그러나 희망에 일말의 가능성이 가닿으면 으레 사람들의 자신감은 솟구치기 마련이다. 그 자신감의 몸집이 점점 커져 마음이 한쪽으로 쏠리면 순식간에 생각이 기울어져 버린다. 다시 말해 희망이 신념을 얻으면 집착으로 변질되는 건 한순간이다. 때문에 고착된 생각의 방향대로 시간을 흘러가게 해서는 안 된다.

　　살다 보면 집착에 둘러싸인 사람들을 종종 만나기도 한다. 그들은 하나같이 희망에 찬 눈빛이 아니라 긴박한 눈빛을 발산한다. 한결같이 '이것만이 나의 유일한 희망'이라고 외치기도 한다. 그들이 말하는 희망은 대체 무엇일까.

　　희망은 그렇게 절박하거나 불안하거나 유일하지 않다. 희망은 시간에 구애받지 않지만 집착은 시간을 좀먹으며 성장한다. 희망은 유연하지만, 집착은 단단하다. 그러한 집착에 최후를 기대하니, 목표를 제외하면 세상에 의미 있는 건 없는 것만 같다. 때때로 집착은 자신의 모든 것을 걸어야 한다고 속삭인다. 결국 최후의 순간 내가 있고자 하는 곳에 내가 없게 되는 것이다.

　　그러므로 우리는 매 순간 집착을 알아차려야만 한다. 모든 것을 걸어서 무엇 하나를 얻는 것은 합리적인 처사가 아니기 때문이다. 우리는 이뤄야 하는 대상들에게 삶의 전부를 내어줄 필요가 없다. 온전한 성공이라 함은 하나의 성취가 아니라 고른 성장의 평균값이다.

집착이 성취의 편에 서서 끝내 삶을 비관하게 하는 반면, 희망은 성장의 편에 서서 스스로를 돕는다. 이것은 곧 자기 삶을 구속하느냐 마느냐의 차이이다.

스스로를 구속하면 삶은 고립된다. 그 안에서 성취를 이루더라두 성장으로 연결되지는 않는다. 집착이야말로 근시안적이어서 또 다른 당위만 낳을 뿐이다. 그렇게 자신을 옭아매는 한 영원히 빠져나올 수 없는 도랑에 갇히는 꼴이 된다. 자신이 만든 감옥에 본인을 집어넣고서 외마디 비명을 지르는 모습이야말로 얼마나 어리석은가.

그에 대한 제안으로, 절망이나 좌절을 받아들이는 연습을 시작해 보면 어떨까. 실패했더라도 그게 끝이 아님을 인지한다면, 우리는 또 다른 희망을 찾을 수 있다.

집착으로부터 벗어나는 일은 기권표를 던질 수 있는 용기이기도 하다. 그래야 그 손에 다시 희망을 쥘 수 있다. 그때야 비로소 성장하는 삶으로 전환될 수 있는 것이다.

가벼운 희망이 넘쳐나는 삶이야말로 소박하지만 오래도록 빛날 수 있다.

말의 기능

입을 크게 벌리고 있는 것만큼 부족해 보이는 외모도 찾아보기 힘들 것이다. 입은 벌리고 있을 때보다 다물고 있을 때가 입답다. 입다운 건 뭘까. 드나들 게 있으면 벌리고 드나들 게 없으면 다무는 것이 본연의 입이라고 할 수 있다.

입은 청결해야 하며, 상하지 않은 신선함을 들여야 하고, 그 기운으로 소리를 내는 기관이다. 그러므로 기운을 얻으려면 입을 벌리는 때보다 다무는 때가 많아야 한다. 입口은 한자 모양을 통해 알 수 있듯이, 구멍을 가리킨다. 열고 닫는 때를 아는 구멍이야말로 제 기능을 다하는 것이다.

《라면을 끓이며(문학동네, 2015)》에서 김훈은 햄버거를 두꺼운 볼륨을 두 손으로 움켜쥐고 하마처럼 입을 벌려 입 안으로 밀어 넣어야 하는 것으로 묘사한다. 나 또한 햄버거를 먹을 때마다 작은 입의 크기가 아쉬울 때가 많다.

그러나 입이 작다고 햄버거를 먹지 못하는 건 아니다.

입을 크게 벌리고 먹는 음식으로는 쌈이 있다. 어색한 자리에서 쌈을 싸 먹는 것만큼 불편한 동작도 없다. 입을 벌리고 쌈을 먹기 위한 적당한 때와 장소와 사람은 따로 있을 정도다. 그러므로 시도 때도 없이 어디에서든 입을 벌리는 사람들은 경계의 대상이라고 할 수 있다.

그래서 입을 크게 벌리거나 자주 벌리는 행동은 상대에게 호감을 사기 어렵다. 모르는 사람을 만날 때에도 입의 움직임이 둔할수록 외려 호감도는 쌓이게 된다. 경청에 능할수록 입이 절로 둔화하기 때문이다.

그렇기에 입과 귀는 함께 움직일 수가 없다. 말하기와 듣기가 동시에 행할 수 없는 동작임은 마치 해와 달이 동시에 떠오르고, 지지 않는 이치와 다르지 않다.

입의 유의어로는 '말言'이 있다. 입과 말은 떼려야 뗄수 없는 관계다. 말도 때와 장소와 사람에 따라 구분되어야 한다. 특히 말에는 무게마저 실린다. 그 무게로 타자를 누르다시피 할 때는 그만한 책임도 함께 져야 한다. 함부로 말하는 것은 분명한 죄이다. 그 같은 실체가 없어서 위선을 떨기도 쉽다. 그런데 보이지 않는다고 해서 위력이 없는 것도 아니다.

입에서 말이 나올 때는 가벼울지언정 귀로 흘러 들어간 말은 솜뭉치 마냥 무거워진다. 이는 화자가 아닌 청자가 말을 재단하는 능력을 가졌기 때문이다. 좋은 말을 했어도 청자가 '나쁜 말'로 받아들이면 그것은 결코 좋은 말이 아니다. 그러므로 입을 벌려 내키는 대로 말을 쏟아내선 안 된다. 그 말이 누군가의 귀로 흘러 들어가기라도 하면 화자는 곧장 하수가 된다.

그러므로 입은 다물었을 때의 모습이 가장 아름답다. 《논어》에서도 '말'의 위엄을 다루는 구절이 많다. 그중에서 몇 문장 읊어보자.

"언행을 삼감으로써 실수한 사람은 드물다."

"옛사람이 말을 가볍게 하지 않았던 것은 실천이 따르지 못함을 부끄러워했기 때문이다."

"말재주를 어디에다 쓰겠는가? 능란한 말재주로 남을 대하면 자주 남에게 미움을 받을 뿐이다."

서양 고대 로마의 철학자이자 문인인 키케로에 따르면, 호메로스 시대부터 '무기'로 적을 죽이는 전쟁과 '말'로 상대방을 설복하는 언쟁이 똑같이 취급되었다고 한다. 말은 한 사람의 영혼을 죽일 수 있는 무기와도 같다.

오늘날이야말로 말의 위력이 무시무시한 사회다. 모르는 사람 피드에 댓글을 달아 마음을 전하기도 하고 서로를 팔로우하기도 한다. 눈빛 한 번 교환한 적이 없는 사람과 소통하는 것이, 길에서 행인에게 말을 거는 것보다 수월하다. 그러다 보니 짐작과 비교와 평가가 난무하고, 말로 인한 사건 사고가 끊이질 않는다.

어떤 이들은 자신의 모습을 감추고서 제대로 알지도 못하는 사람을 향해 거침없이 말을 쏟아낸다. 말이라고 할 수도 없다. 말이라면 최소한의 격이라도 갖춰야 하지 않는가. 그런 면에서 그들이 쏟아내는 것은 말이 아니라 토사물이다. 상하고 독소를 품은 그들의 입은 더 이상 입이 아니다. 그것은 토사물이 쏟아지는 구멍일 뿐이다.

조언을 얻는 것

'조언'은 과연 득인가 실인가. 사전적 의미의 조언이
란, 말로 거들거나 깨우쳐 주어서 도움 또는 그 말로써, 도
움이라는 전제가 바탕이 된다. 조언은 득이어야만 한다.
하지만 본래의 성질이 그렇다고 해도, 사람에 따라 상황에
따라 조언의 힘은 달리 적용되기도 한다.

도리어 조언이 상처가 된 적은 많았다. 타자를 깨우
치려고 건넨 말이 타자의 마음을 깨트린 경우에서다. 조언
은 예민하고도 날카로운 것이어서, 분별력이 없을 때 번뜩
이는 해결사의 역할을 자처하곤 한다. 확실한 의사결정을
위해서 조언을 구하는 것도 이와 같다.

우리는 먼저 경험한 혹은 가까운 사람들에게서 종종
조언을 구하려고 한다. 그들의 조언은 결정적으로 합리적
인 판단을 이끈다. 왜냐하면 자신보다 앞서거나 높은 시야
에서 바라본 한마디의 말은 넓고도 개방적인 사고를 이끌
어 내기 때문이다. 이러한 조언이야말로 사고 확장의 득이

될 뿐 아니라, 말로 상대를 도와주는 진정한 의미의 조언
이라 할 수 있다.

조언을 건네려면 먼저 조언을 구하는 자의 상황과 입
장을 충분히 고려해야 하며, 의미 있는 말로써 도움을 주
려는 배려심을 갖춰야 한다. 혹시라도 위에서 아래를 내려
다보듯이 우월이나 자만한 마음을 갖고 조언해서는 안 된
다. 평등하게 눈을 맞춘 조언만이 듣는 자의 귀감으로 연
결될 수 있기 때문이다.

혹여 서로 다른 눈높이에서 오가는 조언은 지시나 비
난이 될 수도 있다. 평등한 위치의 조언만이 환한 세상으
로 연결해 주는 다리가 된다. 그야말로 말 한마디로 천 냥
빚도 갚을 만한 것이 된다.

하지만 나는 그렇게나 값진 조언을 얻어 본 적이 거
의 없다. 오히려 조언이랍시고 흘리는 말에 무방비 상태로
있다가 생채기를 당한 적이 있다. 또는 어려움에 처한 나
를 깎아내리며 자신을 치켜세우거나 나의 잘못을 질책하
는 것으로 끝나는 경우도 있었다. 그 같은 조언은 차라리
폭력에 가깝다. 순식간에 폭격을 당한 마음은 쑥대밭이 되
어서 곧장 어둠 속으로 가라앉는다. 이것이야말로 조언의

끔찍한 폐해이다.

　　습관처럼 조언을 건네는 사람들이 있다. 그들은 말로 쉽게 남을 돕고자 하는데, 그전에 자신이 내뱉은 말과 일치되는 인생을 살고 있다면, 다시 말해 자신의 말에 책임질 줄 아는 사람이라면 타자에게 기꺼이 조언을 건네도 된다.

　　하지만 말과 달리 무책임한 행동을 반복하는 사람이라면 어떠한 조언도 타자의 마음에 가닿을 수 없다. 그런 조언은 폭언이나 실언으로 전락하고 만다. 듣는 자라면 마땅히 거부권을 사용해야 한다. 참된 조언은 내 부모와 가족처럼, 내 편에서 이해하고 배려하는 마음으로부터 출발해야 한다. 그런 마음에서 우러나오는 조언은 듣는 이의 귀를 활짝 열어 준다. 말보다는 마음을 먼저 알아채는 것이다.

　　그리하여 조언은 무거운 돌을 옮기는 작업과 같다. 힘들여 무거운 돌을 든 상태에서는 허투루 하는 말조차 아끼게 된다. 무게의 책임을 인지하여 아무 데나 획 던지지도 않는다. 그렇듯 조언은 조심스럽고 진중한 자세로 해야 한다.

　　무엇보다 참된 조언은 이미 내 마음속에 있다. 내가

듣고자 하는 말을 타자에게 듣는 순간, 그것이 가장 좋은 조언임을 확인한 적이 많지 않았던가. 그러니 답은 이미 내 안에 있다.

유명과 무명

나는 분명 이름이 있지만 이름이 없는 사람이기도 하다. 이름의 사전적 의미를 찾아보면, 다른 것과 구별하기 위해서 사물, 단체, 현상 따위에 붙여서 부르는 말을 뜻한다고 한다. 그러니까 나는 이름이 있기 때문에 다른 사람과 확연히 구별되지만, 사회적으로는 이름이 언급되지 않으니 한편으론 이름이 없는 자이기도 하다. 다시 말해서 이름은 나를 규정하는 지칭어면서 나의 '값'을 매기는 척도이기도 하다.

이름에 값이 붙게 되면, '이름값'이라는 새로운 뜻이 창조된다. 명성이 높은 만큼 그에 걸맞게 하는 행동으로, '이름값하고 살라'는 옛 어른들의 말씀도 예나 지금이나 꽤나 익숙한 조언이다. 또한 이름값은 나잇값과 어느 정도 상통되는 말이기도 하다. 흔히 그 나이대에 요구되는 행동 혹은 사고가 뒤떨어지거나 사회적 제반 요건에 미치지 못하는 경우에 '나잇값을 못한다'고 평한다. 그런 면에서 이름값도 나잇값과 같은 상황을 대변하고 있다.

대체로 이름은 엄선된 한자나 한글을 엮어서 뜻풀이가 좋은데 자칫 그처럼 살아가지 못할 때 '이름값도 못한다'는 핀잔을 듣곤 한다. 물론 이름의 의미만큼이나 큰 뜻을 이루고 살면 좋겠건만 세상은 그리 호락호락하지 않다는 걸 우리는 매번 통감하며 살고 있다. 그러니 이름과 나이 뒤에 붙는 '값'의 의미는 비단 긍정적인 의미만을 지니고 있지 않다.

알랭 드 보통은 《불안(정영목 옮김, 은행나무, 2012)》에서 사회에서 중요한 지위에 있는 사람을 이름 있는 사람이라고 부르고, 그 반대의 경우를 이름 없는 사람이라고 부르며, 이런 표현은 다양한 집단에서 '대접'의 질적 차이를 전달하는 데 편리하다고 이야기한다.

그의 말마따나 오늘날 이름 있는 사람은 유명하거나 저명한 사람으로 치부된다. 그들의 몸값은 천정부지로 솟고, 그들을 향한 대우가 처세술처럼 펼쳐진다. 또한 시장의 흐름을 주도하는 명실상부한 주도적 역할로서 그 영향력은 해가 갈수록 높아지고 있다. 이제는 이름값이 세상을 지배할 수 있는 절대적인 가치로 주목받고 있는 것이다.

그래서인지 오늘날의 이름은 사회에서 보이지 않는

계급을 설정하고 구분한다. 그로써 이름 있는 자와 이름 없는 자는 아무렇지 않게 다시 팔로우와 팔로워로 나뉜다. 단연코 더 많은 팔로워를 거느리는 자가 시장에서 우위를 점하게 되는데, 그와 같은 이유는 이름값이 높은 자의 팬덤은 이름값이 낮은 자들의 관심으로 형성되기 때문이다. 이름은 한낱 나를 설정하기도 하지만 나를 넘어서는 내가 되게도 한다. 나를 대표하는 이름이 만인에게 알려질 때, 내가 품고 있는 정체성은 그보다 훨씬 높고도 넓게 확장되며 영향력은 거대해진다. 그리하여 이름값은 오늘날 다방면에서 아주 유용한 힘으로 작용된다.

그래서 이름은 부르는 것도 불리는 것도 조심스러워야 한다. 거대한 힘을 제대로 사용할 줄 아는 사람만이 이름값을 드높게 평가받아야 함이 마땅하다. 따지고 보면, 누구나 이름 있는 자가 되기를 갈망한다. 누구도 제 이름을 버리고 허투루 삶을 마감할 리가 없다. 그러나 제 이름값을 높이려고 부단히 발장구를 쳤더라도 겨우 발밑에서 작게 일다가 사라지는 파도와도 같았으리라.

하물며 길을 걷다 보면 이름 모를 들꽃이 천지다. 그것들은 결코 이름이 없는 것은 아니다. 경계해야 할 건 이름 없음이 아무런 쓸모가 없는 것이라고 단정 짓는 것이다. 그럼으로써 이름 없는 자, 곧 나와 같은 사람들의 존재감이 더 이상 상실되지 않기를 바란다. 무명인이 살아가는 공간에서도 여타의 포용과 관심이 통하는 세상이 되기를 간절히 바라고 바라본다.

쓸모에 대하여

얼마 전 찬장의 그릇들을 정리했다. 조금 긁히고 닳은 그릇들이 쓰레기 상자에 한가득 쌓여갔다. 볼품없어도 아직은 쓸 만한 것들이었다. 하지만 내겐 쓸모가 없었다. 생각해 보면 '쓸모를 다 했다'라는 말만큼 잔인한 것도 없다. 마치 퇴장해야 할 순간이라고 말하는 것만 같다.

살아 있는 어느 것도 제 쓸모를 다할 수 있을까. 쓸모의 한계를 정하는 건 스스로에 대한 체념이자 세상과의 관계를 끊는 일이다. 그러니 숨을 쉬는 한 쓸모를 다하는 일은 없어야 한다.

하지만 우리는 쓸모를 다했다고 입버릇처럼 말한다. 꽃이 질 때도 머리가 새하얗게 변할 때에도 쓸모를 다했다고 말한다. 우리의 에너지는 내일 해가 떠오르면 다시 생성되기 마련이다. 살아 있다면 언제든 다시 일어설 수 있는 게 인간이다. 쓸모가 없다는 말은 불행을 점치는 말처럼 잔인하다.

누구나 쓸모 있는 사람이 되고 싶어 한다. 자신이 할 수 있는 영역이 넓거나 크면 그 쓸모 있음에 마음이 한껏 부풀게 된다. 그러나 쓸모는 늘 한계를 두려고 한다. 영원한 쓸모란 없다는 듯 쓸모의 유용성은 대개 한정적이다.

쓸모의 사전적 의미는 두 가지인데, 하나는 쓸 만한 가치, 또 다른 하나는 쓰이게 될 분야를 일컫는다. 쓸모는 값, 가격, 가치와 꽤 잘 어울린다. 품질을 따져 등급을 매기고 서열화를 이루는 일도 쓸모가 있고 없고의 기준이 된다. 그런 면에서 쓸모는 매우 단호하다.

내가 쓸모없음을 비판하는 것은 바로 이 때문이다. 어느 한순간도 쓸모없는 순간이 없고 그 어떤 것도 쓸모없는 존재는 없다. 꽃이 피지 않을 때도 꽃이 질 때도, 우리는 꽃의 쓸모없음을 떠올리지 않는다. 모든 것은 제 역량에 따라, 때에 따라, 흐름에 따라 그렇게 변해가고 흘러간다. 거기에 쓸모의 값을 적용할 필요가 없다.

생명이 얼어붙은 계절의 깡마른 나뭇가지를 쓸모없다고 여긴 적이 있는가. 메말라 앙상한 가지가 잎을 펴지 않고 꽃을 피우지 않는다고 쓸모없다고 치부해 버린 적은 없는가.

그 어떤 것도 쓸모라는 사명을 갖고 세상에 존재하는 게 아니라는 사실을 기억해야 한다. 장미도 오롯이 꽃을 피우는 쓸모를 위해 매 계절을 견뎌내는 것이 아니다. 땅과 바람과 물의 어우러짐으로 매순간 생의 시간을 만끽하고 있을지 모른다. 사소한 어우러짐으로 찰나의 기쁨을 누릴 뿐, 결코 꽃을 피우는 것만이 장미의 결실은 아닐 것이다.

쓸모없음은 나의 가소로운 변덕의 결실일지 모른다. 그렇게나 아끼던 물건도 시간이 지나면 쓸모없다고 치부하니 말이다. 내 마음속에서는 그 어떤 것도 영원히 쓸모 있기가 어려울지도 모른다.

더 이상 쓸모없음에 대해 깊이 고민할 필요가 없다. 쓸모를 따지는 것은 마음의 혼잣말이다. 누군가와 대화를 나눌 수 없는 혼잣말은 공감을 살 수 없다. 더구나 쓸 만한지 아닌지의 여부는 대상에 따라 다르게 나타나기 마련이다.

유난히 하늘의 형상이 아름다운 시절이다. 아름답게 노을 지는 하늘을 바라보는 것만으로도 우리는 한껏 충만해진다. 그러한 감동을 만끽하는 것만으로도 쓸모의 유무를 떠나서 우리는 이미 충분하고 완벽한 존재이다.

착의 단상

살면서 착(着)의 순간은 종종 있다. 정신을 집중하거나 혹은 무언가에 사로잡힐 때 착은 금세 그 틈을 비집고 들어가 마음 안에 달라붙는다. 마음이 가닿는 곳이 착이 안착할 좋은 장소인 것이다. 그런 면에서 착은 안주하고 머무르기를 좋아하는 부류가 분명한 듯하다. 어느 한 곳에 붙어 버리면 움직이거나 변화하는 양상이 보이지 않으니 말이다.

그러한 착에는 여러 다양한 형태가 존재한다. 집착, 패착, 토착 등이 그것인데, 이러한 착의 형태는 주의를 필요로 하기도 한다. 착이 올곧지 않은 마음에 붙게 되면 신선식품처럼 쉽게 변질되곤 하는데, 그때야말로 제 마음을 주의 깊게 살펴보아야 한다. 그것은 집착이나 패착으로 변질될 수 있고, 때론 걷잡을 수 없는 비극으로 치닫기 때문이다. 그러나 그러한 알아차림이 쉽지는 않다. 그 순간이야말로 착이 온 생각의 전부가 되어버려서다. 시야와 생각의 반경이 좁아진 마음은 '착'이라는 바이러스로 인해 순식간에 부정 속으로 잠식당하고 만다. 그러니 착이 들어서려는 순간마다 의식적으로 주의를 기울일 필요가 있다.

이러한 착은 비단 부정 따위의 성질만 있는 것은 아니다. 사랑하거나 끌려서 떨어지지 않으려 하거나(애착愛着), 또는 마음의 흔들림 없이 어떤 곳에 착실하게 자리 잡기도 한다(안착安着). 그렇다 보니 착은 여기저기 보이지 않는 마음에 쉽게 달라붙는다.

때때로 찾아오는 착을 잘 다스리려면 마음과 생각을 좀 더 단단하게 해야 한다. 그렇지 않으면 착으로 인해 생각이나 마음이 쉽게 병들지 모른다. 병이 들면 고통에 잠식되어 머무르게 되고 쉽게 앞으로 나아가기도 힘들다. 그야말로 착의 본질이 바라는 바다.

애착의 경우도 크게 다르지 않다. 착은 순수한 사랑에도 찰싹 달라붙어 순간이 영원하기를 간절히 바란다. 마음을 붙들어서 그 자리에 있게 하는 접착제처럼 말이다. 그러한 애착은 곧 집착으로 변질되기 십상이다.

변하는 것들에는 대개 거부감이 들기 마련이다. 순간의 행복, 평안 그리고 익숙함이 그대로이기를 바라는 마음은 누구 할 것 없이 동일하다. 그래서 착이 찾아오는 때에 외려 안정감을 느끼기도 한다. 더 이상 불안이 일지 않는 순간에 우리는 알게 모르게 도취된다.

그러므로 착은 안정을 추구하는 성질이 분명하다. 지금의 내가 있는 자리, 머물러 있는 생각에서 한 곳도 벗어나려고 하지 않는다. 변화의 순간을 거부하며 영원의 만족을 추구한다.

그리하여 생각과 마음이 마비되면 더 이상 미래를 내다볼 수 없다. 현재를 통해 미래를 예측하는 건 건강한 지금을 살고 있다는 증거다. 그렇기에 미래가 보이지 않는 생각은 건강하지 못하다. 고립된 생각이 과오를 일으키기 쉬운 것도 그 이유다.

그러므로 착의 순간을 알아차리는 힘을 갖도록 하자. 먼저 '영원의 행복'보다 '찰나의 행복'을 충분히 만끽하는 것이 좋겠다. 한결같지 않은 생각과 마음을 한결 속에 속박하지 않는 것만으로도 절반은 이룬 셈이다. 그저 순간을 느끼는 것만으로도 이미 착의 순간으로부터 멀어지는 것이다.

설령 집착이 생긴다고 하더라도 그것은 마음의 전부

가 아니다. 언제든지 그로부터 벗어날 수 있는 관심을 두는 것도 좋은 방법이다. 이 세상에는 보이는 것보다 훨씬 더 많은 것들이 존재하는 법이다. 눈에 보이는 것이 세상의 전부가 아니다. 이 같은 사실을 인정하게 되면, 언제라도 착이 드나들어도 괜찮다. 외려 드나드는 착이야말로 마음의 건강과 활력을 일으키기도 한다. 머물렀다가 떠나는 것들로부터 초연해지는 순간, 비로소 성인이 되기 때문이다.

어깨 위의 무게

현대인들의 어깨에는 짐이 한가득이다. 그나마 처진 어깨가 더 폭삭 내려앉는 기분이다. 짐이 많다는 건 무엇일까. 가진 것이 많은 걸까 그게 아니면 주어진 것이 많은 걸까. 가진 것이 많은 것과 주어진 것이 많은 것은 다르다. 가진 것은 선택권을 활용한 것이고 주어진 것들에는 분명한 선택권이 없다.

주체적으로 소유하기로 선택한 것들에는 대개 책임이 따른다. 소유는 곧 내 것을 의미하고 그러한 소유권은 만족을 추구한다. 그러나 주어진 것은 이와는 조금 다르다. 객체적인 의미로서 주어진 것들은 소유권을 누리기 힘들다. 자기 의사와 상관없이 주어진 것들에는 의무적으로 행하는 것이 대부분이기 때문이다. 그렇기에 현대인들에게 있어서 짐의 모습은 제각기 다르다. 그러나 분명한 건 그 짐의 무게가 대단히 무거워졌다는 것, 어깨를 짓누르는 중압감이 전보다 훨씬 세졌다는 것이다.

현대인들에게 주어진 짐은 재화와는 별개의 문제이기도 하다. 짐의 무게가 무겁다고 그만큼의 경제력을 쥐고 있다는 뜻이 아니니까. 많은 짐을 지고 살아가는 이들이 더 잘 먹고 잘살기만 한다면 바랄 게 없지만, 막상 세상은 순행하지 않는다. 그렇기에 많은 짐으로부터 우리는 한시라도 벗어나고 싶어 한다. 주체이건 객체이건 간에 짊어지고 있는 많은 짐으로부터 벗어나는 순간을 우리는 날마다 꿈꾼다.

그렇다면 어떻게 짐으로부터 벗어날 수 있는가. 여행이나 명상으로 얻는 찰나의 해방감도 좋지만, 그것이 영원한 해결책이 될 수 없다는 사실을 안다. 그렇다고 짐의 무게를 던지고 마냥 자유 의지만으로 살아갈 수도 없다. 향유하는 것에는 마땅한 대가가 따르고 의무가 따르기 때문이다. 그러한 제약들은 삶을 조금 더 나은 방향으로 이끌어주기도 하지만 때론 사람을 병들게 한다.

대개 자신에게 주어진 짐을 인정하는 것만으로도 짐의 무게에 대한 체감을 줄일 수 있다. 그것은 마치 무게를 지지하는 두 발을 이끌고 나아가는 것이 머무를 때 눌리는 무게보다도 가볍기 때문이다. 그렇게 서로 다른 두 발이 무게를 나누는 것은 짐으로부터 벗어나는 방법일 수도 있다. 그래서 우리는 날마다 살기 위해 걷는다. 곱절이나 되는 짐의 무게를 견디면서도 오늘을, 그리고 내일을 살아간다. 그러다 때때로 중압감에 시달리기도 한다. 자신의 무게를 감당하지 못할 때는 당연하게 쥐고 있는 것들이 짐으로 전락하기도 한다. 그래서 짐을 짊어진 삶은 절망이 되다가도 희망이 되고, 어둠이 되다가도 빛이 된다. 그것은 마치 주기에 따라 변하는 푸른 달의 모습이기도 하다.

그러므로 의무와 역할에 따른 제 모습을 분명히 정할 필요가 없다. 사회적으로 제시된 역할론에 맞춰 살다 보면 획일화된 기준에 못 미치는 경우가 종종 있게 된다. 그럴 때마다 자신을 다그치고 한탄할 텐가. 반복되는 자책은 자아효능감에 타격을 입힌다.

그래서 똑같이 반복되는 일상이야말로 짐의 무게를 나누며 잘 나아가고 있다는 방증이다. 반면 일상이 무너지는 것은 짐의 무게가 수평을 이루지 못한 상태이다. 그러므로 일상을 잘 지키려면 한 발 멀어지는 것이 좋은 방법일 수 있다.

영화배우 찰리 채플린의 말처럼 인생은 가까이서 보면 비극이지만 멀리서 보면 희극이다. 찰나의 감정으로부터 멀어지는 것이 어쩌면 완만한 시각을 갖기 충분한 거리일 수 있겠다.

　제 어깨에 붙은 불평으로 가득 찬 짐은 멀리서 보면 한 몸이다. 그 모양새도 모르면서 그저 무겁다고 불만만 늘어놓는다면 제 날개 한번 펴보지도 못할 수 있다. 그러니 오늘도 내일도 어깨 위로 내려앉은 짐의 무게를 충분히 견뎌라. 비록 그 무게가 영원히 끝나지 않을 고통일지라도 적절한 때에 나를 비상하게 만들 수 있다. 그 날개를 펼쳐 바람을 타고 오르는 순간, 원망도 고통도 순식간에 감화되고 말 것이다.

그럼에도 불구하고

땅 위의 모든 길은 직선이 아니다. 그곳에는 하나의 길만 존재하는 것도 아니다. 때로는 꺾이거나 새기도 하며 가다가 툭 끊기는 길도 여럿 있다. 길을 가다가 방향을 틀어야 하는 순간은 무척이나 흔한 일이다. 특히 때맞춰 방향을 트는 일은 목표 지점을 가기 위한 가장 밀접한 움직임이 된다. 설령 다른 방향으로 가고자 한다면, 그 방향대로 다시 핸들을 꺾으면 그만이다. 그러면 다시금 새로운 길이 펼쳐진다.

성인이 되면 길을 갈 때 제 핸들을 능숙하게 사용할 줄 알아야 한다. 또, 자신이 가고자 하는 최적의 길을 정확히 아는 것도 좋다. 변화무쌍한 길 위에서 감당해야 할 당혹감이 현저히 줄어들기 때문이다. 그래서 내비게이션의 등장은 행인들에게 행로의 예측성과 심신의 안정감을 제공했다고 한다.

그러나 그건 어디까지나 눈앞에 보이는 '길'일 뿐이다. 인생이라는 길을 따라 날마다 운전해야 하는 우리에게 그런 내비게이션은 사실상 존재하지 않는다. 그렇다 보니 어느 지점에서 어떻게 방향을 틀어야 할지는 아무도 알 수가 없다. 상황과 시간에 맞춘 최선의 추측에 따라 제 핸들을 조종할 뿐이다. 그러려면 전방의 시야를 정확히 인지해야 하고, 적절한 타이밍에 방향을 틀 수 있어야 한다. 곡선과 샛길을 유유히 다닐 수 있는 실력까지 겸비하는 것은 덤이다. 그렇게 우리는 인생의 길을 따라서 능력껏 앞으로 나아가는 것이다.

그때 인생의 방향을 틀어야 하는 순간마다 핸들로써 작용되는 말이 있는데, '그럼에도 불구하고'라는 관용구일 것이다. 그 말은 제반 요인을 어느 정도 인정하고, 변화를 꾀기 위해 앞으로 나아가겠다는 뜻으로 풀이되기도 한다. 그럼으로써 다른 결과를 위해 기꺼이 변화하겠다는 인식의 전환이다. 고로 낡은 생각은 차치하고 새로운 생각을 점철시키는 것이다. 그것으로 상황의 전과 후가 극명히 나뉘지기 때문에 '그럼에도 불구하고'는 제 인생길에서 방향을 트는 핸들로 활용되곤 한다.

돌이켜 보면 그 말은 고난과 역경 또는 결점이 보일 때마다 입에 닳도록 오르내리는 말이기도 했다. 우리는 인

생을 살면서, '그럼에도 불구하고' 무수한 성장을 이끌어
내지 않았던가? 인생의 방향을 제때 틀었기에 뜻하지 않
았던 것을 경험했고 변화했으며 말미암아 발전했던 것이
다. 나 또한 계획대로 일이 잘 풀리지 않을 때나 절망적인
순간이 드리워질 때마다 주문처럼 그 말을 되뇌곤 한다.

"그럼에도 불구하고 나아가자."

포기하고 싶을 때나 끝이라고 단념해야 할 때마다 그
말로써 나 자신을 자극했다. 그때마다 신기하게도 각성효
과를 일으키듯 푹 꺼진 고개가 조금씩 위를 향해 움직였다.

누구나 길을 가다가 핸들을 돌려 방향을 틀면 알게
되는 게 있다. 길은 또 다른 길로 연결되어 있다. 그러니
우리는 속도보다는 방향을 염두에 두며 앞으로 나아가야
한다. '그럼에도 불구하고' 나아가는 힘으로 영향이 뻗치
는 곳을 향해 기꺼이 몸을 일으켜야 한다. 그러한 역동적
인 순간순간은 인생을 보다 황홀한 여정으로 만든다. '그
럼에도 불구하고'의 능동적이고도 진취적인 기세야말로
인생의 참 묘미가 아닐까?

시시때때로 우리는 단절과 암흑 또는 장애물로 인해
서 나아갈 길이 막히곤 한다. 그때마다 주저앉아 울부짖는

사람이 있는가 하면 극복하고 나아가는 사람들도 많다. 당연하게도 '그럼에도 불구하고' 나아가는 사람들만이 성장과 성공을 거머쥘 수 있다. 그러니 사방이 벽으로 가로막힐 때마다 그 말을 되뇌는 것은 분명 도움이 될 만하다.

그럼에도 불구하고 일어서고, 그럼에도 불구하고 포기하지 말며, 그럼에도 불구하고 나아가는 것. 어떤 슬픔과 시련이 닥치더라도 그럼에도 불구하고 살아가는 건 어쩌면 숙명 앞에서 절대로 지지 않겠다는 배짱이나 다름없다.

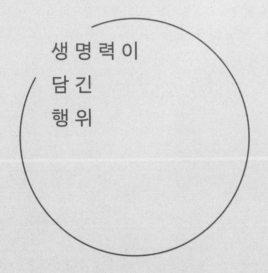

제 3 부

생명력이
담긴
행위

"먹고 보고 느끼는 것을 눈과 입에서 그냥 스치지

말고, 그 안에 녹아든 균형을 보라. 행복과 희망이

그 안에 있으니까."

— 톨스토이

사유의 삶

고대 그리스의 철학자 플라톤은, 사유란 '우리가 우리 자신과 나누는 소리 없는 대화'라고 했다. 짐작컨대 대부분 사람은 하루에도 숱하게 자기 자신과 소리 없는 대화를 하고 있을 것이다. 아침에 눈을 뜨기 시작할 때부터 그런 대화는 익숙할 게 분명하다. 조금만 더 잘 것인가, 당장 일어날 것인가를 두고도 자신과 소리 없는 대화를 나누지는 않는가. 출근할 때 입고 갈 옷이나 먹고 싶은 음식을 고를 때에도 소리 없는 대화는 끝없이 이어진다. 산의 정상에 서서 풍경에 매료되는 순간마저 소리 없는 대화에 집중할 때이다.

'사유 활동은 정신의 눈을 뜨게 하는 데 기여한다(한나 아렌트)'거나 '정신의 본질은 바로 행위다(헤겔)'라는 철학자들의 지적도, 사유는 사유로만 그쳐서는 안 된다는 성찰로 이해하고 받아들이고 싶다. 즉 자신과 나누는 소리 없는 대화를 유의미하게 만들려면 마땅히 행동으로 옮겨야만 한다.

생각해 보면 삶은 행위를 통해 앞으로 나아가는 동력을 얻는다. 보고 듣고 느끼는 것만으로는 삶을 채우기 힘들다. 행위야말로 보고 듣고 느끼는 것을 뛰어넘는 고도의 영역이다. 게다가 그것은 선택의 몫이기도 하다. 언제 어디서든 누구나 행위로 연결시키지 않으니 말이다. 그러므로 사유하는 인간이 아닌, 행위하는 인간이 더욱 존엄을 갖는다는 것에 기꺼이 동의한다.

그러나 요즘은 보고 듣는 것에만 열중한 나머지 사유가 일어날 틈이 없다. 클릭만 하면 멋들어진 이미지나 감미로운 음성을 마주할 수 있어서다. 아무렇지 않게 보고 듣는 시각과 청각의 부산물은 여지없이 감정을 흔든다. 그만큼 순간적으로 짜릿한 것도 없다. 시간이 가볍게 채워지기는 하나 무겁게 가라앉지는 않는다. 고로 늘 제자리를 사는 느낌이다.

그처럼 감정을 구걸하는, 순수하지 못한 행위로는 자신과 소리 없는 대화를 나누지 못한다. 행위가 뒷받침되지 않으니 삶이 앞으로 나아갈 리도 없다. 그래서 나는 영상 미디어의 출현이 그리 달갑지 않다.

그렇다면 사유는 어디에서 찾을 수 있는가. 이에 대

한 대답으로 《정신의 삶(홍원표 옮김, 푸른숲, 2019)》에서 아렌트는 페넬로페의 뜨개질은 사유하는 일과 같다며, 전날 밤 뜨개질한 것을 매일 아침 다시 풀어 버린다고 이야기하고 있다.

그렇다. 오디세우스의 아내인 페넬로페야말로 사유이자 행위를 실천하는 사람이었다. 그녀의 사유와 행위는 매일 반복됐다. 단지 뜨개질을 위해서 뜨개질하는 게 아니었다. 그녀는 날마다 사유하기 위해 반복된 행위를 자처했던 것이다. 우리도 누구나 언제라도 페넬로페처럼 살 수 있다. 예를 들어 달리기를 하거나 그림을 그리거나 또는 책을 읽고 글을 쓰는 일도 사유의 행위로 가능하다. 그녀처럼 뜨개질을 시작해도 되고, 작품을 감상해도 좋다. 무엇을 하느냐가 중요한 게 아니다. 사유가 되느냐가 중요한 것이다. 아주 짧은 시간동안 반복되는 행위를 통해서도 사유는 얼마든지 가능하다.

잠시 페넬로페를 상상했다. 오늘의 해가 떴으니, 어제와 같은 뜨개질을 또다시 시작했을 것이라고. 그것을 통해 그녀가 조금씩 더 나은 삶으로 나아가고 있다고. 사유란 바로 이런 것이다.

고민으로부터 벗어나는 말

나는 늘 고민한다. 끼니마다 무엇을 먹을지 고민하고, 어떤 옷을 입고 외출할지도 고민이다. 그뿐인가? 선택 사항이 주어질 때마다 고민하고, 일의 우선순위를 정하는 것도 고민이다. 고로 사는 게 고민의 연속이다. 물론 쉽게 풀리지 않을 삶의 고민이야 늘 존재하겠지만, 그 밖의 새로운 고민은 시시각각 등장해서 흘러가야 할 시간을 때때로 정체시킨다. 그래서 오늘의 해가 뜨고 지듯 지금의 고민 또한 뜨고 지는 경우가 허다하다.

그럴 것이 1년 전의 고민을 잠시 상기해 보려고 해도 여간해서 기억이 잘 나지 않는다. 누구도 과거의 그날 골머리를 썩였던 고민거리 하나를 재발견하기란 결코 쉬운 일이 아니다. 고민은 시기성을 포함하고 있어서 어느 순간적인 사건과 찰나의 시간을 통해서 생성과 소멸을 반복하기 때문이다. 그 말인즉슨 영원히 존재하는 고민도, 끝없이 이어지는 고민도 없다는 거다. 지금의 나를 대변하는 온갖 고민은 알고 보면 겨우 하루살이일 뿐이다. 그렇기에 여전히 고민이 있다면, 머리를 싸매면서까지 걱정하지 말자. 어차피 고민은 며칠이 지나면 흔적도 없이 사라지고 만다.

그럼에도 불구하고 우리는 지금을 살면서 종종 고민이 갖는 오류에 빠지기도 한다. 마치 편평한 길을 걷다가 움푹 파인 도랑에 발이 빠지는 것처럼 말이다. 그럴 때는 도랑에 빠진 발을 살짝 들어서 다시 지면으로 닿게 하면 된다. 그러나 대개는 도랑에 빠진 상태로 그 첩첩함을 절실히 느끼면서 깊은 시름을 앓곤 한다.

그와 같이 고민을 다루는 양상도 도랑에 빠진 상태와 똑 닮아 있다. 그 속에 정체되어 인지적 오류를 겪는 순간 소중한 시간과 온전한 정신을 빼앗기고 만다. 여간해서는 막무가내로 치고 들어오는 혼란과 불안의 소용돌이에서 빠져나오기 힘든 게 사실이다.

그러나 잠시 평정을 갖고, 주의를 전환하는 행동만으로도 의외로 간단하게 고민에서 벗어날 수 있다. 앞서 말했듯 도랑에 빠진 제 발을 인지해야만 다시 지면에 닿게 할 수 있는 것처럼 해결되지 않은 고민을 일단 수용해 보는 것이다. 고민에 빠진 제 상태를 의도적으로 알아차려서 하염없는 고민의 번뇌를 감당하지 않으면 된다. 어차피 대부분의 고민은 시간이 해결책이다. 그러므로 애써 수고를 들이지 않아도 된다. 사는 건 고민의 연속이며, 누구나 고민을 안고 살아가기 마련이다. 달리 말하면, 사소한 고민 없이는 오늘을 살아갈 수조차 없다. 이왕 고민을 안고 살아가야 한다면, 구태여 불편하게 여기지 말자는 거다. 다행인 건 누구든지 지나쳤거나 앞선 고민을 가지려 해도 마땅히 가질 수 없다는 것이다. 딱 지금의 품만큼 고민도 그만큼만 나를 따라오는 법이기 때문이다.

그래서 지금의 고민을 알아차렸다면, 적극적으로 토로해 봐야 한다. 자신이 속으로 끙끙 앓고 있는 난제를, 어떻게 다뤄야 할지 모르는 감정을, 끝내 다하지 못할 것 같은 미제를 죄다 드러내서 말하는 것은 나름 배출이란 효과를 낸다. 제 마음을 툭 터놓는 것만으로도 수그러진 고개를 들 수 있는 소소한 힘이 작용된다. 그럼으로써 보이지 않는 것을 보이는 것으로 탈바꿈하여 객관적인 방법을 모색할 수 있게 되고, 고민의 실체를 쉽게 분별해 낼 수도 있다.

'지금 잘하고 있어', '점점 나아질 거야'라는 뻔한 대답이 들려오더라도 그 말은 곧 진리가 될 것이다. 그러니 애써서라도 고개를 들어 두 발을 떼고 다시 걸어볼 만하지 않을까?

누구나 고민의 도랑에서 발을 떼어보면 알 수 있다. 수많은 도랑 중에서 겨우 하나에 빠졌다는 것을. 앞으로도 셀 수 없는 그 속으로 예외 없이 빠질 것은 자명한 일이다. 그러니 겨우 한 번에 내 다리가 젖었다고 상심할 필요는 없다. 저만치 앞선 내가 지금의 나를 되돌아보며 이렇게 말할 테니까.

'이 또한 지나가리라.'

문일지십과 확대해석

'하나를 보면 열을 안다聞─知十.' 총명하고 이해력이 높은 사람을 가리킬 때 쓰는 말이다. 그런데 총명하지 못한 사람들조차 종종 하나만으로 열을 가늠하려고 한다. 나는 이것을 확대해석이라고 생각한다. 하나를 알면 정말로 열까지 알 수 있는가에 관한 물음은 내게도 여전히 진행형이다.

하나를 아는 것만으로도 열을 꿰는 능력을 누구나 갖춘다면 세상은 어떻게 될까. 고독하거나 고립되거나 고독하게 고립을 자처하지 않을까. 어쨌거나 나는 총명하지 못한 탓에 종종 확대해석을 범하곤 한다. 이런 일이 있었다. 며칠 전 설거지를 하는데, 그릇이 깨졌다. 아침부터 깨진 그릇 하나 때문에 하루의 기운이 완전히 지배당하는 느낌이었다. 그날은 종일 긴장의 연속이었다. 또는 인사하지 않는 종업원을 향해 손님을 무시했다 생각하는 것도 확대해석의 한 예라고 할 수 있다.

황금처럼 귀한 시간을 저마다의 기준으로 판단하려
는 것은 어찌 보면 현대인의 숙명일지도 모른다. 수많은
변수를 적용하기엔 시간과 공간의 제약이 너무나 크기 때
문이다. 그뿐인가. 지식과 정보가 범람해서 이제는 알 것
도 할 것도 취할 것도 매우 많아졌다. 그러므로 '문일지십'
의 능력은 오늘날 매우 유용해졌다고 할 수 있다. 그런데
평범한 사람에게 그것은 갖추기 힘든 능력일 것이다. 확실
히 아는 것이 아니라, 어림짐작해서 유추하고 '대충' 아는
것이니 말이다. 하나만 보고 열을 아는 건 현자만이 가진
고도의 능력인 셈이다.

'문일지십'은 《논어》의 〈공야장〉 편에 나오는 말로
서, 고대 중국의 철인 공자와 그의 제자인 자공의 대화에
서 비롯되었다. 공자가 자공에게 물었다.
"안회와 너를 비교하면 누가 더 나은가?"
자공은 대답했다.
"안회는 하나를 들으면 열을 알지만, 저는 겨우 둘밖
에 알지 못합니다."
그러자 공자가 말했다.
"네 말이 맞다. 너와 나 모두 안회를 따라가지 못한다."

공자가 가장 신임했던 제자이자 현인이었던 안회야
말로 '문일지십'의 표상이었다.

　　바쁜 시대에 '문일지십'을 취하면 금상첨화다. 그러
나 잘 아는 게 아니라 가늠하는 정도라면 맹점을 피하기
어렵다. 하나를 보고 열을 가늠했을 때, 나머지 불분명한
아홉에 대한 지각 말이다. 그 지각에는 가능성이 내포되어
있을 수도 있다. 따라서 그런 속단은 여러 가능성을 미리
차단하는 행위일지 모른다. 그 때문에 판단력도 힘을 잃어
원치 않는 결과를 초래할 수도 있다. 그러므로 하나하나
제대로 된 각성을 하지 못한다면 하나만 보고 열을 가늠
해서는 안 될 것이다.

　　확대해석하게 되면 자신을 위한 판단은 쉽게 취할 수
있다. 하지만 극히 주관적이고 독단적이어서 결국에는 삶
이 움츠러들기 십상이다. 다른 한편으로는 상황의 결과가
변형되거나 왜곡되어 나타나기도 한다. 일말의 가능성만
으로 확신하는 탓에 자신의 논리를 합리화시키는 실수를
저지르기도 한다. 확대해석은 자신도 모르게 스스로를 가
장 강력하게 지지한다. 그런 사고는 단단해서 쉽게 무너지
지도 않는다.

사람은 생각하는 존재이다. 의식적으로 '멍'하니 생각하지 않으려고 작정하지 않는 이상, 매 순간 생각의 회로는 환하게 점등된다. 점등의 시간은 길수록 좋다. 바꿔 말하면 생각은 많이 할수록 깊이 할수록 낫다. 의식적으로 지각하고 생각해야만 비로소 질문하며 바른 방향을 모색할 수 있다. 하지만 확대해석은 생각하는 시간이 상대적으로 짧고 그 정도가 얕다. 이렇게 절로 가닿는 생각은 미완성이기 십상이라서 견제할 필요가 있다.

그런 생각은 뒷심이 없어서 오래도록 빛을 밝히기도 어렵다. 반짝하고 사라지는 빛이라서 점멸할 뿐이다. 깜빡, 깜빡, 깜빡... 그 빛은 가벼워서 언제든지 제멋대로 방향을 튼다. 조심해야 할 것은 사람도 언제든지 그 빛을 좇다가 추월당할 수 있다는 것이다.

감정 조절자

　　인내는 참고 견디는 것이다. 밖으로 표출되지 않고 안으로 스며드는 것이다. 거기엔 버텨내야 할 역치와 시간이 대등하게 평행이 되어 이뤄진다. 그러므로 인내는 능력의 일종인 셈이다. 참아서 버티는 것. 이를 꽉 물고 찢어지는 고통에도 무너지지 않고, 끝까지 견뎌내는 것이다. 인내는 현실을 살아가는 인간에게 틀림없이 필요한 자질이 된다.

　　그것은 다양한 영역에서 발휘된다. 낯섦을 적응하는 순간에도 인내가 필요하고, 배고픔을 비롯한 생리 작용에도 어느 정도의 인내심은 꼭 필요하다. 견딜 수 없는 상사와의 관계에서도 인내가 필요하며 내게 선을 넘는 언행과 행위로 갑질을 하는 사람에게도 나만의 인내심은 절대적으로 필요하다. 졸린 눈을 비벼가며 학업에 열중했던 학생 시절에도 인내심은 발휘됐다. 그 같은 인내심으로 나를 여기까지 끌고 왔음을 부정할 수가 없다.

　　때때로 우리는 외부의 영역에서도 인내심을 곧잘 발

휘한다. 바로 감정에 관해서다. 우리는 어릴 때부터 감정
도 우리의 의지대로 충분히 조절해야 한다고 배웠다. 그것
이야말로 절제력 있는 어른이 되는 길이라면서 말이다. 그
래서 감정을 조절하면서 얻는 절제력으로 현명한 성인을
꿈꿨다.

일정한 거리를 두면서 제 감정을 표출시키지 않는 편
이 나를 위해서도 타인을 위해서도 안전하고 편리했다. 그
때문에 제 감정을 드러내는 일이 거북스러운 일로 치부되
기도 했다. 사뭇 감정적인 사람을 만나기라도 하면, 훈련
이 덜된 또는 절제력이 한참이나 부족한 상대라고 판단했
다. 적어도 어른이라면 크고 낮은 감정적 변화가 거의 일
지 않아야 한다고, 그것이 병인 줄도 모르면서 말이다.

대면 관계에서 상대의 예상치 못한 행위나 언행에
즉각 반응하지 않고 반응을 유보하는 것은 합리적인 처사
이다. 그로써 인간은 서로를 위해 원만하며 합리적인 이
득을 취하면서 발전해 왔다.

그러나 감정을 억누르는 것은 어찌 보면 나의 본질을
저 아래에 숨겨 놓은 채 상대에게 나를 맞추며 움직이려
는 시도였다. 너무 좋았어도 좋은 티를 내지 않고, 너무 싫

었어도 애써 싫은 티를 내지도 않는다. 또 기쁘지만 실없는 사람 취급할까 봐 기쁨을 절제하고, 너무 슬픈데도 망가졌다고 손가락질을 당할까 봐 슬픔의 감정도 고이 접어 속으로 삼킨다.

그러한 이유로 부정적인 감정을 상대 앞에서 드러내는 것은 인간 감정의 조절 기능이 미약한 상태이거나 아직 훈련받지 않은 미완의 상태를 의미한다. 오늘날의 인간은 로봇처럼 감정을 다스리는 매뉴얼대로 반응해야 하고 예상 가능한 범위 내에서 자신의 감정을 조절하는 생물로 자리매김하고 있다. 이제는 감정적으로 치우쳤다는 게 수난으로 여겨지기도 한다.

언제부턴가 나도 감정을 다스리는 일에 익숙해지기 시작했다. 어쩌다 툭 튀어나오는 내 감정을 누군가에게 들키면 얼굴이 뻘겋게 달아올라 어쩔 줄 몰랐다. 그때마다 나의 미완을 탓하며 조금 더 능숙한 감정의 조절력을 길러서 그쯤이야 컨트롤할 수 있는 날이 오겠지 했다.

그래서 자칫 감정에 휩싸여 일을 그르치는 사람을 마주하기라도 하면 미숙하다고 여기며 거리를 뒀다. 그렇게 이 사회는 각자에게 감정의 조절 가능성을 견지해 왔다.

사회 안으로 종속되기 위해서는 누구나 제 감정을 능란하게 조절하고 다뤄야만 했다.

그래서 사회 구성원이 되면 절망하거나 분노가 치밀거나 슬픔에 잠식돼도 다른 구성원 앞에서 최대한 감정을 드러내지 않는다. 늘 일정한 감정으로 똑같은 일을 반복하며 사는 게 조직의 구성원으로서 조화되는 방편이었다. 그러한 집단은 바라는 무엇을 성취했어도 여전히 가야 할 길이 멀었다면서 구성원을 타이르고 다시 그들의 힘을 모은다. 안타까운 것은 아무도 의문을 제기하지도, 굳이 반문하지도 않는다는 사실이다.

윌리엄 세익스피어의 4대 비극 가운데 하나인 〈맥베스〉에서 이러한 대사가 있다.

"슬픔에게 말할 수 있도록 하여라. 말하지 않는 슬픔은 심장을 너무 힘들게 해서 그것을 터지도록 하는구나."

그의 말처럼 감정은 좀체 흡수되거나 사라지는 것이 아니다. 불쑥 튀어 오르는 감정을 맞닥뜨려야 그것을 어떻게 다룰 것인지에 대한 방법을 체득하게 된다. 밖으로 표현되지 않는 총천연색의 감정을 억눌러봤자 결국 그 감정은 흡수되지도 사라지지도 않는다는 것이다. 나아가 시한

폭탄처럼 내 안에 쌓여 스스로를 파괴할 무기가 될 수 있다. 왜 그토록 감정을 터부시하면서 살아야만 하는가.

제 감정을 알아차리지 못하면 저 자신이 어떤 사람인지도 알지 못하는 경우가 흔하다. 심지어 내가 무엇을 원하고 어떻게 반응해야 할지도 몰라서 옆 사람에게 묻는 경우도 허다하다.

또한 그들은 누군가가 웃을 때 따라 웃기도 하며, 누군가가 박수치고 환호할 때조차 자신의 두 손을 들어 올려 힘껏 응원한다. 무엇을 위해 또는 누구를 위해 함성을 지르고 있는지 알지 못한 채 다수의 결을 맞추며 산다. 나는 그들에게 한 번쯤 묻고 싶다.

"당신의 인생, 그대로 정말 괜찮은 건가요?"

가시 돋친 말

입 밖으로 꺼내고 싶은데 꺼내기도 전에 빈정대는 느낌을 풍기는 말이 있다. 그런 말은 짓누르는 대로 변형될 뿐 사라지지 않는다. 이내 생각에 잠식되어 나를 갉아 먹고 만다. 그런 고통에서 벗어나고자 입 밖으로 꺼내는 순간, 그 말의 기운은 걷잡을 수 없이 거대해지고 만다. 특히 상대는 그 무게를 처절하게 감당해야만 한다. 나를 갉아먹던 말의 기운이 순식간에 상대를 집어삼킬 만한 기세로 평정되니 말이다.

가시 돋친 말은 듣는 이에겐 너무나 가혹한 형벌이다. 청자의 귀로 흘러 들어가 온 마음을 흔들어 버릴 게 뻔하므로 내 안에서 삭이는 게 차라리 낫다. 타자에게 고통을 전가하면, 그 반대의 경우인 기쁨의 나눔처럼 역시 곱절이 된다. 그러므로 말에는 삭이는 표현이 훨씬 더 많아야 한다. 그런데 분출하는 말보다는 삭이는 표현이 점점 사라지고 있는 게 현실이다.

최근에는 누구든지 언제 어디서나 1인 미디어 계정을 만들 수 있고, 내 마음대로 콘텐츠를 생성할 수 있으며, 공유를 통한 관계를 형성할 수가 있다. 온라인상에서 개인의 생각과 느낌은 어느 때보다 주목받기 쉬워졌다.

짜릿한 공감을 받는 것도 어려운 일이 아니다. 먼저 베풀었던 '좋아요'가 고스란히 되돌아오는 순간 자신의 의견은 타자의 공감으로 완벽하게 굳세어진다. 느끼는 대로 생각하는 대로 뱉어낸 말에는 비판 없는 호응과 공감만이 가득하다. 그렇다 보니 저 나름의 완벽한 프레임에 맞춰 쉴 틈도 없이 말을 생성한다.

상대의 귀를 고통스럽게 만드는, 이른바 TMI가 난무하는 1인 미디어의 공간에서 이러한 영상들은 쉽게 찾아볼 수 있다. 그들은 계속해서 말을 해야만 관심을 끌 수 있으므로 말의 흐름을 끊지 않는다.

그렇다 보니 듣고 싶지 않은 말도 마구 쏟아낸다. 시청하는 사람들은 무작정 흘러들어온 말을 걸러내느라 기운이 빠진다. 그야말로 악순환의 전장이다. 하지만 선순환하는 수많은 영상이 반복 재생되고 있는 것 또한 사실이다. 아이러니하게도 이 또한 자연스러운 세상이다.

동영상 채널을 시청하다가 정제되지 않은 말이 흘러

나오기라도 하면 나는 그 말이 참 버겁다. 버리고 싶은데 버리지도 못하는 것이다. 귀에 정화 장치라도 있는 편이 좋겠다는 생각이 들 정도다.

말이란 대체 무엇일까. 중국 송나라의 유학자인 주자는 말에 대한 생각을 이렇게 남겼다.

"구슬이 이지러지고 흠이 난 것은 오히려 갈고 닦아서 반들반들하게 할 수 있지만, 말은 한번 잘못하면 건질 수 없고, 나를 위하여 혀를 붙잡아 줄 사람도 없다. 그러므로 말은 나 자신에게서 나오며, 실수하기 쉽기에 늘 잡도리하여 제멋대로 나오도록 놓아두어서는 안 된다."

발화된 말에는 저마다의 냄새가 있다. 향이라고 표현하지 않는 이유는 마주했을 때 언제나 기분 좋은 상태는 아니기 때문이다. 옷깃에 스민 향은 기분을 다독여 주기도 하지만 안타깝게도 말은 언제 어디서나 향기로운 것은 아니다.

변함없는 향기를 내뿜는 말에는 비교, 우위, 동정, 시샘, 거짓 등이 없어야 한다. 누군가를 위로할 때는 그 사람의 아픔을 딛고 일어서지 않아야 하며, 칭찬할 때는 경애

심으로 속을 채우기도 전에 섣불리 말하지 않아야 한다. 가진 자 앞에서는 가지지 못한 나의 부족함을 부끄럽게 여기지 않아야 하고, 상처 하나 없이 상처 입은 자의 눈물을 닦아주어서도 안 된다. 이러한 최소한의 배려를 진심으로 한다면 그 안에서 흘러나오는 '말'은 냄새가 아닌 향을 품고 있으리라 확신한다.

　　나이가 들수록 자신의 향을 알아차려야 한다. 꽃의 향기만 시간에 익어가는 것이 아니다. 사람도 시간에 따라 향을 품고 향을 내어야 한다. 지혜로운 사람 옆에는 자연스레 퍼지는 향을 맡으러 주위에 머무는 사람들이 가득하다. 그 곁에만 있어도 향기로워지니 어찌 발길이 닿지 않겠는가. 그렇게 향을 품는 사람이 있다.
　　반면 칼을 품은 사람도 있다. 그들은 종종 입에도 칼을 문다. 그리고 칼날 섞인 말로 무참히 상대를 쓰러트린다. 그건 승리가 아니고 위협이다. 칼을 쥐고서 향기로울 수 없는 이유다.

유연한 태도

시련이 닥치면 어떻게 하는가? 절망 혹은 시련을 극복하기 위해 다양한 시도를 하기 마련이다. 장애물에 맞서거나 넘어서면 단단해서이고 그렇지 못하면 부족한 탓이라 여기기 쉽다. 그럴수록 더욱 단단해지려고 실력을 연마하거나 강한 힘을 비축하려고 많은 시간을 들인다. 강인한 사람만이 장애물을 넘길 수 있다는 생각에서다.

과연 강인한 자만이 시련을 제대로 극복할까. 수많은 시련은 도처에 깔려 있다. 어느 길로 가든지 시련을 겪지 않고서는 발전하기가 힘들다. 앞으로 나아가려는 사람이라면 시련은 누구나 겪게 되는 성장통인 셈이다. 그렇다치더라도 시련을 좀 더 효율적으로 다룰 수는 없을까.

물줄기가 곧게 흐르는 냇가에 노목이 떡하니 한가운데를 차지하고 있었다. 노목의 크기와 둘레는 어림잡아 보아도 냇가의 폭과 비슷할 정도였다. 물 위를 둥둥 떠다니던 나뭇잎 하나가 노목 앞에서 멈췄다. 거대한 장애물을 마주한 것이다. 나뭇잎은 고민했다. 추위를 힘입어 얼음처럼 단단해지면 그 힘에 노목이 쓰러질까? 아니면 바람의 기운을 타고 높이 올라서 노목을 뛰어넘을까? 어떤 것도 확실한 방법이 아니었다.

잔잔히 흐르던 물줄기는 해답을 알고 있는 듯했다. 노목에 닿자마자 직선으로만 가겠다는 아집을 버린 것이다. 물줄기는 딱 노목의 둘레만큼 휘어지며 흘러갔다. 그것은 나뭇잎보다 더 쉽고 빠르게 시련을 넘긴 것이다.

시련을 맞닥뜨리면 스스로를 변화시키는 게 먼저라고 생각하기 십상이다. 자신의 능력치를 최대한 끌어올려 시련을 이겨내려는 힘을 얻기 위해서이다. 애써 아무렇지 않은 척 행동하는 것도 바로 그 때문이다.

나는 물의 유연함을 지켜보면서 생각을 달리했다. 유연하게 대처하는 자세가 어쩌면 시련을 극복할 수 있는 또 다른 방법이 될 수도 있겠다 싶었다. 맞서 싸우기 위해 강해지는 것보다 현상을 받아들이고 유연해지는 것도 괜찮은 방법이겠다 싶었다.

노자의 《도덕경》 제22장은 이러한 내용을 담고 있다.

"굽히면 온전해지고, 구부리면 곧아지며, 패이면 채

워지고, 낡으면 새로워지며, 덜어내면 얻어지고, 많으면
미혹된다."

　나는 시련을 겪을 때마다 좌절하곤 했다. 어찌지 못
하는 시련을 마주하면서 자괴감에 빠지기도 했다. 능력이
뛰어났다면, 선택을 잘했다면, 돈이 많았다면, 눈앞에 닥
친 시련을 이겨낼 수 있다고 여겼다. 그러나 시련은 능력
이 뛰어나고 선택을 잘하고 돈이 많은 사람들을 비껴가지
않는다.
　삶을 잇는 마디마디처럼 누구에게나 당연하게 찾아
오는 게 바로 시련이다. 물론 역경과 고난을 이겨낼수록
전보다 강하고 더 나은 사람이 될 수 있다. 하지만 그것을
이겨내지 못한다고 해서 실패한 것도 아니다. 노목에 걸린
나뭇잎처럼 아직 부드러워지지 않았을 뿐이다.

　그러므로 우리는 자신의 상태를 제대로 알아야만 한
다. 저항할 것인지 휘어질 것인지를 먼저 알아차려야 한
다. 강한 자만 살아남는 것이 아니다. 부드럽고 연약한 것
이야말로 생명의 본성이기에 그렇다.
　그러한 생명의 본성을 지키기 위해서는 무엇보다 포

용의 자세가 필요하다. 포용력은 다름을 인정하는 데에서 비롯된다. '나는 맞고 너는 틀리다' 식의 배타적인 태도로는 안 된다. 상대방과의 차이를 인정하면서 각자의 뜻을 존중하면 된다. 적대적이지 않게 되는 것이 무엇보다 중요하다. 그렇게 되면 시련을 상대로 애써 대립하거나 결투할 필요가 없어진다. 물의 유연함 역시 노목의 자리를 인정했기에 가능했다.

살다 보니 강해지는 것보다 부드러운 편이 낫다. 맞서 싸우지 않고도 인정하고 비껴갈 수만 있다면 그 또한 이기는 기술일 수 있다.

칭찬의 방향

어떤 성과를 냈거나 이로운 일을 했을 때 타인의 칭찬을 기대한 적이 있는가. 그런 적이 없다고 대답하는 사람보다 그런 적이 있다고 대답하는 사람이 많을 듯 싶다. 칭찬에는 메마른 기운을 돋우는 힘이 있다. 어른이나 아이 할 것 없이 칭찬을 들으면 미묘한 감정의 변화를 느끼기 때문이다. 이로써 인정받았다는 일말의 확신이 서기도 한다.

그래서일까? 칭찬 앞에서는 두 귀를 막으려 하지 않는 게 인지상정이다. 대개는 두 귀를 활짝 열어 놓는 편이다. 나아가 오매불망 칭찬을 기다리는 사람도 있다. 그들의 목표는 하나, 타인으로부터의 인정이다. 그것을 갈구하는 사람들은 본인의 인정에도 허기져 있다. 스스로 채우지 못한 목마름 때문에 결국 타자를 향한다. 모든 초점과 관심이 오롯이 타자의 시선으로 향하고 마는 것이다.

그런 시선에서는 예외가 없다. 한없이 웅크리고 살랑살랑 꼬리를 쳐야만 한다. 그것이야말로 '간식'을 얻기 위한 쉬운 방법이기 때문이다. 하지만 간식은 순간적인 도취일 뿐이다. 몇 날 며칠을 간식으로 배를 채우다 보면 금세 몸이 상해 낯빛이 어두워지고 만다.

그렇다 보니 칭찬받는 대상은 타인의 인정만으로 자존감이 채워질 게 뻔하다. 아마도 삶의 흐름 또한 타인의 눈길대로 흐를지 모른다. 스스로가 원하고 바라는 이상이 뭔지도 모른 채 그저 타인의 시선을 따라 제 삶을 내어주게 될지도 모른다. 그런 삶이야말로 비참하지 않을 수가 없다.

"남이 나를 알아주지 않음을 걱정하지 말고, 내가 능력이 없음을 걱정하라."

《논어》에 나오는 말이다.

시선은 밖을 향하는 것보다 나를 향해 있어야 한다. 하지만 달콤한 것을 찾아 밖을 기웃거리게 되는 건 어쩔 수가 없다. 모든 달콤함에는 유혹이 있기 때문이다. 먹기 좋은 달콤함만큼이나 듣기 좋은 말만 좇다가는 이가 썩듯이 인생도 보잘것없이 변질된다. 칭찬은 그저 향기와 같을 뿐이다. 어떤 향기로움도 코로 맡으면 순식간에 그 향이 사라진다. 칭찬 또한 그렇다. 그 가벼움으로는 거대한 인

생을 흔들 수 없다. 그러므로 무조건적인 칭찬을 경계해야
만 한다.

물론 칭찬은 인정의 욕구를 충족시키기도 한다. 인정
의 욕구는 자연스러운 감정이다. 그래서 누구나 인정받기
를 원한다. 그러나 타인의 인정은 마음대로 얻을 수 있는
것이 아니다. 설령 뜻대로 되지 않는다고 서운하다거나 절
망을 느낄 필요도 없다.

칭찬은 주체에 따라 그 의미가 달라지는 법이다. 타
인으로부터의 칭찬이 기분 좋은 '향기'라면, 스스로가 건
네는 칭찬은 그저 '향'만은 아니다. 그것은 제 안에 쌓이는
양분이 된다. 그 양분은 자아를 성장시키고, 자존감을 튼
튼하게 하며 자아효능감을 발휘할 수 있게 한다. 대개 자
신의 가치를 아는 사람은 타인의 말에 좌우되지 않는다.
또한 타인이 건네는 어떠한 시선도 본인에게 악영향을 끼
치지 못한다. 이것이야말로 오늘날 가장 필요한 처세의 근
간이라 하겠다.

한때 칭찬이 상대를 향한 선의의 관심인 줄 알았다.
기분 좋은 말을 건네면 상대의 기분도 따라서 좋아질 것
을 짐작했다. 그러면서도 정작 자신에겐 칭찬을 건네려는

마음이 부족했다. '잘하고 있어'보다는 '조금만 더'라는 말이 앞섰다. 때문에 나의 인생만 고통스럽고, 볼품없어 보였다. 그렇게 우울한 표정을 짓고 있는 내게로 선뜻 사람이 다가올 리 만무했다.

그러므로 칭찬에는 방향이 절실하다. 밖으로 향한 시선이 안을 향하도록 돌리면 된다. 자신을 향한 선의의 관심이야말로 제 기운을 한껏 높이는 양분이기에 그렇다. 그만으로도 당신 인생의 결이 눈부시게 달라질 것이다.

웃음의 심오함

타자에게 웃음을 지어 보이는 것은 상대를 배려해 주겠다는 단언의 표현이다. 웃음이야말로 상대에게 직접적으로 온정을 전할 수 있는 가장 쉬운 방법이다. 그래서 웃음은 소통의 시작이고, 호감의 발로發露이다. 또한 타자를 적대시하지 않겠다는 다짐이다. 웃음으로 인해 사람과 사람 사이의 보이지 않는 벽은 허물어진다. 기꺼이 타자에게 건네는 따스한 손길을 누가 마다할까 싶다. 그래서 나는 만남의 자리에서 늘 웃음을 장착한다.

웃음을 짓기 위해선 얼굴의 긴장된 근육을 먼저 풀어야 한다. 경직된 근육으로 인한 어색한 웃음은 안 하느니만 못하다. 이어서 타자를 향한 편향된 사고도 접는 것이 좋다. 그래야 상대의 두 눈을 올곧게 바라볼 수가 있다. 이처럼 자연스러운 웃음을 지어 보이는 행위에도 일련의 노력이 꼭 필요하다. 그렇기에 웃음은 휘발성으로 귀속되지 않고, 무의미로도 귀결되지 않는다. 웃음이 참과 거짓으로 구분되는 이유다.

그렇다 보니 나의 웃음은 누군가에게 의도치 않은 오해를 살 때가 있다. 노력으로 건넸던 웃음이 상대의 잣대로 폄하된 적도 있다. 상대의 단상으로 나의 웃음이 왜곡될 때면 씁쓸하고 외로웠다. 웃음이 웃음거리로 전락하는 건 한 끗 차이라고 생각했다. 한낱 웃음조차도 그러한데 말과 행동의 왜곡은 어떻지 상상하기도 힘들다. 그런 사람을 마주할 때마다 불편한 감정이 돋는 건 당연했다. 그럴 것이 오해는 서로를 소원하게 하고, 선을 긋게 한다. 웃음 속 편견이 생기면 둘 사이의 관계도 더 이상 나아가지 않는다. 그래서 우리는 타자의 웃음 앞에서는 최대한 정중하고 두터운 자세를 취해야 한다. 웃음을 짓고 있는 타자의 얼굴을 결코 가벼이 흘려서는 안 된다.

러시아의 문학평론가 바흐친은 《라블레와 그의 세계 (국내 미출간)》에서 웃음의 효용을 설파했는데, 웃음은 아주 심오한 철학적 의미를 지니며, 그것은 전체로서의 세계에 관한, 그리고 역사와 인간에 관한 진리의 본질적 형식 중 하나라고 소개한다. 웃음은 세계에 대한 독특한 상대적인 관점이라고도 한다. 또한 세계의 어떤 본질적 측면들은 단지 웃음으로만 접근할 수 있다고도 하였다.

웃음에는 의미뿐 아니라 보이지 않는 무한한 힘이 있다. 슬픔이나 분노, 두려움에 휩싸였을 때도 그 부정적인 틈에서 웃음만은 살아난다. 그곳에서 마주하는 웃음이야말로 생生의 활기를 돋게 하는 명약이 된다. 이처럼 웃음의 힘은 명료하고 때론 강력하다. 바흐친의 말을 빗대어 보자면 웃음은 아주 심오하다. 그러한 심오함을 얼굴에 담는 것만으로도 웃음 짓는 자의 여유는 마땅히 가늠되어야 한다.

그래선지 '웃음이 헤프다'라는 말처럼 잔인한 말도 없다. '헤프다'의 사전적 의미는 말이나 행동 따위를 삼가거나 아끼는 데가 없이 마구 하는 걸 의미한다. 그러므로 심오하고도 무거운 무게를 지닌 웃음을 과연 어떤 식으로 헤프게 다룰 수 있겠는가. 단연코 웃음은 헤프지도 않고, 헤프다고 정의해서도 안 된다. 웃음이야말로 웃음의 진리를 완전히 깨우친 자만이 누릴 수 있는 크나큰 특권이다.

마음먹기와 행동하기

헌리 데이비드 소로는 《월든(강승영 옮김, 은행나무, 2011)》에서 대규모의 영농에 대한 자신의 체험은 농장에 뿌릴 씨앗만 준비한 것으로 끝나 버렸다고 했다. 많은 사람이 씨앗은 해가 묵을수록 좋아진다고 생각하는데 시간이 지나면서 좋은 씨앗과 나쁜 씨앗이 가려지는 것은 틀림이 없기에 그런 것이라고 소개하고 있다.

덧붙여 보자면, 씨앗만 준비한다고 해서 결코 상황은 나아지지 않는다. 시간이 지날수록 좋은 씨앗도 결국 시들기 때문이다. 그러니 시들기 전에 씨앗을 땅에 심고 물을 주어야 한다. 그래야만 저만의 열매를 맺을 수가 있다.

책을 통한 자기 계발은 많은 사람에게 희망과 용기, 때로는 도전의 씨앗을 갖게 한다. 그런 씨앗을 가졌다는 것만으로도 벅찬 감흥을 느낄 수 있다. 그리하여 날마다 씨앗을 제 가슴에 품고 매일을 살아갈 힘을 얻는다.

그러나 어떤 이는 그 씨앗을 땅에 직접 뿌리거나 거

름을 주거나 물을 줄 행동은 일절 하지 않는다. 오로지 씨앗을 품고 있다는 존재적 가치에만 집중한다. 자연의 섭리대로 시간이 지날수록 씨앗은 시들어 가고 그 마음도 시들기 마련이다. 더구나 마음이야말로 씨앗이 잘 자라기에 그리 적합한 환경이 아니다. 시시각각 바람이 불거나 어둠이 드리워지는 변덕이 다반사다. 그리하여 품었던 씨앗이 시들시들해지면 다시 새로운 씨앗을 얻기 위해서 고군분투한다. 그렇게 다시 자기 계발서를 찾게 되는 것이다.

행동은 가장 궁극적인 결과를 가져다주는 움직임이다. 그러니 씨앗의 존재만으로는 어떤 결과도 바라서는 안 된다. 어떤 일의 성과는 그 씨앗을 어떻게 다루고 기르느냐에 달려 있다.

대개 사람은 태어날 때부터 갖춰진 모습이나 조건, 즉 씨앗의 모양과 질에 따라 인생이 좌우된다고 생각한다. 물론 그 말에도 일리가 있다. 좋은 환경, 좋은 부모, 풍족한 재산, 완벽한 외모 등 스스로 어찌할 수 없는 'nature', 말 그대로 천연의 조건들은 삶의 질을 크게 좌우하는 요인이 분명하다. 그러나 살다 보면 조금씩 알게 되는 진리가 있다. 무엇을 갖고 있더라도 어떻게 활용하느냐에 따라 결과치가 달라질 수 있다는 것을 말이다. 예를 들어, 어떤 이는 금을 가지고도 쇠붙이로밖에 쓸 줄 모르고, 또 어떤 이는 나뭇가지만 가지고서 그걸 다듬고 엮어 저만의 예술품을 만들어 내기도 한다. 그러니 무엇을 가지느냐는 인생의 성과에 그리 큰 영향을 끼치지 않는다. 다시 말해 무엇을 가지느냐가 아니라 어떻게 사느냐, 바로 이 질문이 삶의 질을 크게 좌우한다.

최대한 많은 것을 누리고 향유하는 것에 만족을 느끼는 시대다. 소유를 통한 과시욕은 마치 삶의 질을 끌어올리는 듯 작용하고, 주거지의 값에 따라 인생의 성과를 운운하기도 한다. 일단 무엇을 갖고 있음으로 당장의 만족은 느낄 수 있겠지만, 영원의 만족을 기대할 수는 없다. 마치 그리스 신화의 고르곤이 눈이 마주친 사람을 돌로 변하게 하듯 한낱 소유도 무엇에 집착하는 사람을 돌로 변하게 한다. 그렇기에 단지 제 마음의 만족이나 우월감에 많은 시간을 내어 집중할 필요가 없다.

그러므로 제대로 살아 있으려면 어떻게 삶을 다룰 것인지를 항상 질문해야 한다. 그것은 궁극적으로는 밖으로 손을 뻗게 하고, 두 발을 움직이게 한다. 나를 위한 행동일지라도 곧 타인을 위한 행동이 되고, 더 나아가 사회를 위한 것이 된다. 살아 있는 행동이 용기를 동반하는 이유는 그처럼 이타적인 행위로 점진하기 때문이다.

비우고, 다시 채우고

어제처럼 오늘도 몸을 움직여 본다. 열심히 두 발을 굴리다 보면 땀이 맺힌다. 송골송골 맺혀가는 땀방울은 일정한 크기로 채워지자마자 내 몸을 벗어난다. 그렇게 떠나보낸 열정의 결실은 아쉽기는커녕 외려 홀가분하다. 땀이 살갗이라는 외부로 솟아 나와 공기 중으로 증발하듯 나를 구성했던 것들도 세상 밖으로 나와야지만 살아 있는 의미로 구성된다. 나를 이루는 것들이 안보다는 밖을 향해 나아갈 때 우리는 더욱 가벼워진다.

그래서 채우는 만큼 버리는 것이 맞는지도 모른다. 특히나 사람은 먹는 만큼 배출해야 하고, 얻은 만큼 베풀어야 하며, 아는 만큼 전파해야만 한다. 그런지 무엇을 느끼거나 얻었으면 당장 공유하고 싶은 이유도 거기에 있을 것이다. 또한 먹는 만큼 소화시키는 일은 무척이나 중요하다. 어느 때는 무얼 먹느냐 보다 어떻게 잘 소화시키느냐가 더욱 중요한 쟁점이 된다.

배움도 마찬가지로 어떻게 활용하여 삶에 접목하느

냐가 더더욱 중요하다. 안으로 받아들이는 일보다는 밖으로 내보는 일에 더욱 신경을 써야 하는 것은 그래서 당연하다. 그러므로 지금 무엇을 가지려면 무엇을 버려야 하는지, 무엇을 채우려면 다시 무엇을 비워야 하는지를 고민하는 게 먼저일 수 있다. '비우기'는 '채우기'의 또 다른 말이기 때문에 우리는 움켜내려는 것을 위하여 아등바등 집착할 필요가 없다. 이제는 갖고 채우고 얻고 누리는 것에만 몰두하지 말고, 버리거나 비우는 것에도 제대로 된 집중이 필요한 때이다.

내 안을 채우는 것에만 주목하거나 집착하면 자칫 공허해지는 경우가 있다. 내면을 한낱 지식과 정보를 축적하는 창고의 공간으로만 활용하기엔 그 쓰임이 시시해져서 그렇다. 정체되어 쌓이는 것을 피하려면 일단 움직임이 자유롭도록 가볍고 막힘없는 상태여야 한다. 자연스러운 순환, 즉 끊임없이 움직이고 이동해야만 배출이 수월해지고 그에 따른 움직임도 원활해진다. 안에서 밖으로 밀어 내보내는 일이야말로 생명이 연장되고, 나아가 생의 가치가 부여되는 가장 중요한 작업인 것이다.

들이는 것만큼 잘 내보내는 것에 초점을 맞춘 삶은

더 이상 허무해질 수도, 공허해질 수도 없다. 그 애씀이 헛되지 않을 수밖에 없는 이유는 의미 있는 삶의 기록은 언제나 역동적이었기 때문이다. 용기 있는 행위나 시도, 그러한 진거를 통해서 누군가의 삶은 찬란히 빛이 났다. 내 안에서 내보내는 것들이 하나의 정성이고 손길이고 노력이라면, 분명 배출됨으로써 살아 있는 희열을 언제이고 맛볼 수가 있다.

그러한 배출이 세상의 오물로 전락하지 않도록 우리는 항상 '비우기'에 힘써야 한다. 언제 어디서든 나의 흔적은 늘 깨끗한 아름다움이 동반되어야 한다. 아무렇게나 생각 없이 저지른 나의 오물이 누군가의 혐오로 비춰져서는 결코 안 된다. 내가 머무른 자리가 다른 누군가의 방해물이 되지 않기를 바라는 마음으로 나의 '비우기'에 집중한다면, 제법 뿌듯하고 가뿐한 삶으로 점철될 수 있겠다. 지나온 걸음마다 개운한 숨으로 매일의 길을 장식해 나가면, 그만한 삶의 충실함도 없을 것이다.

우리는 저마다 행복을 꿈꾸며 산다. 가장 크고 화려한 행복을 꿈꾸는 게 아닌 작지만 따스한 행복을 꿈꾸고 산다. 그러한 행복은 크나큰 바람과 농익은 거름이 되지 않더라도 자신과 주위의 이들을 잠시나마 이롭게 해서, 충분히 의미 있는 삶으로 연결된다. 머물러 있지 않고 고립되지 않고 곪아서 썩지 않도록 날마다 짜디짠 땀과 가쁜 호흡을 내보내면서 살아가야 하는 이유가 바로 그것이다.

소유와 행복

고대 중국 전국시대의 사상가 장자의 말이다.

"고기를 잡으려고 망을 치지만 고기를 잡고 나면 망을 잊는다. 토끼를 잡으려고 덫을 놓지만, 토끼를 잡고 나면 덫을 잊는다. 뜻을 전하려고 말을 하지만 뜻이 통한 다음에는 말을 잊는다."

우리는 수시로 무언가를 소유하기 위해 갈망한다. 그런데 그것을 소유하는 순간 정작 내 손에 오래 머문 것들은 내놓게 된다. 소유의 새로움과 기쁨은 찰나일 뿐인데도 말이다. 그 순간이 지나면 다시 내 손에 오래 머물러 있을 것을 찾아 나선다. 장자의 말처럼 덫을 놓아 토끼를 쫓고 다시 덫을 찾는 순환인 것이다.

내 손에 쉽게 쥐어지는 것들은 늘 옆에 있거나 사방에 존재한다. 당연하게 여기는 존재는 어쩌면 당연하지 않은 이유로 존재할 수 있다. 쉽게 얻었거나 눈에 자주 띈다고 그것이 결코 가벼운 것은 아니다. 이쯤 되니 내 것이 되면 쓸모없어지는 것들이 갸륵할 따름이다.

소유하고 싶은 모든 것들은 처음부터 내 것이 아니다. 내 것이 아닌 것을 내 것으로 만들고 싶은 탓에 욕망이 솟는다. 원래의 내 것이 주는 만족보다는 새것이 주는 기쁨이 더욱 짜릿해서다.

하지만 반짝하는 불꽃의 감흥은 오래도록 느낄 수 없는 법, 그 짧은 여흥이 끝나면 누구나 다시 제 손에 오래 머물러 있는 것에서 안정을 찾으려 한다. 그러나 손만 뻗으면 닿는 것의 광명도 영원하지 않다. 소유욕이 차오를 때 뒤켠으로 물러나니 존재감도 미약하다. 하지만 그것마저 없다면 소유하고 싶은 것을 얻기조차 힘들게 된다.

그물망 없이 맨손으로 고기를 잡기 힘들고, 덫 없이 토끼를 사냥하기가 얼마나 힘이 드는가. 가장 당연하면서도 빛나지 않는 것으로부터 잔잔한 만족을 얻었다면 한 번이라도 그 획득에 고마움을 표현해야 하지 않을까. 이를테면 고기를 잡는 것보다 망을 지키는 게 먼저이고, 토끼를 사냥하는 것보다 덫을 잃지 않는 게 먼저라는 얘기다.

무언가를 새로 얻고자 하는 마음보다 내가 가진 것들을 지켜내는 힘이야말로 삶의 방향과 동력을 잃지 않게 하는 것이다.

해가 바뀌면 우리는 자연스레 새로운 목표를 세우고 새로운 계획을 수립한다. 위시리스트에는 가져본 적 없는 욕망이 하나둘씩 늘어난다. 소유욕을 좇는 것이 풍요로운 삶을 영위하는 데 가장 기본이 되기 때문이다. 그럼에도 무언가를 원하기 전에 이미 갖고 있는 것에서 안위를 찾아보자. 획득하는 순간의 희열보다는 이미 갖고 있는 것의 안위가 뜻밖의 만족감을 가져다줄 수 있다.

안위란 몸을 편안하게 하고 마음을 위로하는 것이다. 새로움을 통해서만 안위를 찾으려고 하면 소유하려는 욕망을 멈출 수가 없다. 그렇게 되면 어떠한 만족도 얻기 힘들다. 《도덕경》에서 노자는 이런 행태를 꼬집었다.

"만족함을 알지 못하는 것보다 더 큰 화는 없으며, 소유하려는 것보다 더 큰 허물은 없다."

이미 갖고 있는 것을 발견하는 건 어렵지 않다. 날마다 살아 있는 생동감을 느끼고, 주어진 일의 당연함을 버리며, 아주 작은 일의 행복을 재단하지 않으면 된다. 일상의 소소한 안위가 얼마나 소중한 것인지를 다시금 깨달으면 되는 것이다. 그러면 애써 새로운 것들을 얻으려고 갈

망할 필요가 사라진다. 공자도 낚시질은 했으나 그물로는 잡지 않았고, 주살질은 했으나 밤에 둥지에서 잠자는 새는 쏘지 않았다고 한다.

　사람은 존재 자체만으로 위대하다. 삶을 이어가는 행위 자체가 힘든 일이다. 그 힘듦이 날마다 이어져도 거뜬히 그것을 견디고 살아가는 존재 또한 사람이다. 삶은 그만으로도 충분히 빛난다. 주위를 둘러보면 존재만으로 힘이 되는 사람들이 있다. 사랑하는 가족이 그렇고, 응원해 주고 다독여 주는 이들이 그렇다.

　많은 걸 소유하지 않아도 그로써 충분히 빛날 수 있다. 시선을 사로잡지 않거나 반짝이지 않아도 보석처럼 귀하게 여기면 기꺼이 보석이 되듯이, 누구나 지금이라도 충분히 빛날 수 있다.

기억과 추억

나는 경험을 예찬한다. 경험과 성장의 척도를 평행하게 여긴다. 또한 살아가면서 다양한 경험을 겪은 사람일수록 성공의 가능성도 클 것이라 믿는다. 그리하여 새로운 경험을 두려워하지 않으려고 한다.

오늘도 나는 아직 시도해 보지 않은 경험을 찾기 위해 시간을 두리번거린다. 그리고 시간은 곧장 기억으로 재편되고 만다. 그렇게 경험으로 닿는 여정까지 무수한 기억들이 쌓일 것이다. 물론 그 기억의 형편에 따라 경험의 가치는 달라지고 만다.

좋은 기억으로 채워진 경험은 추억으로 불리게 되고, 그렇지 못한 경험은 추억은커녕 쌓아 놓은 기억조차 폐쇄하려고 한다. 그런 의미에서 경험을 쌓는 일은 좋은 기억을 기르는 일과도 같다. 좋은 기억을 많이 가진 사람일수록 삶의 올바른 방향을 쉽게 잘 찾을 수도 있다.

기억이란 이전의 인상이나 경험을 의식 속에 간직하

거나 도로 생각해 내는 것을 뜻한다. 내가 말하는 기억은 곧 경험이기도 하다. 경험은 양분의 감정으로 나뉜다. 좋았거나 싫었거나, 유쾌했거나 불쾌했거나.

한편 추억이란 지나간 일을 돌이켜 생각하거나 그런 생각이나 일을 가리킨다. 우리가 지나간 시절의 추억을 회상하려고 할 때, 대부분 즐거웠거나 행복했던 때를 떠올린다. 그 이유는 돌이켜 생각해 봐도 좋았던 추억들만 마음에 간직하고 싶어서다. 누구나 싫었던 혹은 불쾌했던 기억을 꺼내고 싶지는 않다. 그래서 편집된 기억 속의 추억들은 아름다울 수밖에 없다. 게다가 아련하기까지 하다.

경험이 현재에 산다면 기억은 과거에만 산다. 그 때문에 기억을 재편하는 일보다 지금의 경험을 잘 다스리는 편이 훨씬 쉬울 것이다. 그럼에도 어떤 사람들은 기억과 추억에만 의존하며 살아간다. 그들은 현실에 안주하며 더 이상 새로운 경험을 얻으려 하지 않는다. 머지않아 기억대로 생각하게 되고, 생각하는 대로 살게 될 뿐이다. 그야말로 선택적 기억들은 삶의 단절과 고립을 야기할 수도 있다.

뇌과학자 모기 겐이치로는 《생각하는 인간은 기억하지 않는다(이진원 옮김, 샘터, 2020)》에서 아무리 많은 장기 기억을 측두연합 영역에 저장하더라도 전두엽으로 끌어내 틈틈이 접하며 현실 세계와 참조하는 훈련을 하지 않으면 기억이라는 보물을 적절하게 활용할 수 없다고 소개한다. 지식이 많은 것과 지혜를 발휘하는 일은 다르다고도 한다.

기억이 한낱 기억으로만 끝나지 않으려면 경험이 계속해서 체화되어야 한다. 기억 위로 새로운 기억이 쌓여야만 비로소 살아 있는 생생한 경험이 되는 것이다. 살아 있는 경험에는 지혜가 있고 힘이 있다. 대게 살이 있는 것들은 그러한 생명력으로 무한히 성장해간다.

그러므로 우리는 과거에만 몰두할 필요가 없다. 그것이 무조건적인 지혜를 가져다주지 않는다는 사실을 알았기 때문이다. 제아무리 특별하고 우쭐한 경험들도 시간이 흐르면 기억이 되기 마련이다. 게다가 그 기억은 시간 속에 퇴적되어 점점 힘을 잃는다. 그게 아쉬워서 지나간 우쭐했던 기억을 홀로 상기한들 그저 영혼 없는 말만 되풀이하는 꼴이다.

더 많은 기억을 향유하며 지혜롭게 살고 싶은가. 그렇다면 이제부터라도 더 많은 경험이 필요하다. 살아 있는 것은 아직 맞이하지 않은 경험을 갖는 일이다. 지금 새로운 경험을 하지 않고 한자리에 머물러 있다면 머지않아 기억 속으로 어둠이 찾아오고 말 것이다. 어둠 속에서 방황하고 싶지 않다면 지금 당장 경험을 만들어라. 곧 경험이라는 보물이 현재를 빛낼 것이니.

기억과 기록

나이가 들면, 기억을 먹고 사는 것이 마땅한 즐거움이자 단순한 일과쯤으로 받아들여지곤 한다. 아마도 기억은 행복과 불가분의 관계에 있을지도 모른다. 나이듦의 가장 큰 두려움도 지각이나 인지 능력의 감퇴로 인해 기억이 흐트러지는 것이다. 그러한 현상으로는 아는 것이 모르는 것이 되거나, 뜨거웠지만 더 이상 뜨겁지 않게 얼어붙는 것으로 나타난다. 사람에게 있어 그보다 슬프거나 안타까운 일도 없다.

그토록 평생을 쥐고 싶은 기억 중에는 대부분 젊은 날의 경험이 켜켜이 쌓여서 잘 포장되어 있다. 마치 상처가 흉터가 되어 오랫동안 남아 있듯 기억도 머릿속에서 오랜 시간 동안 살아남아 경험의 외상이 되는 것과 같은 식이다. 결국 기억은 과거에 일어났던 일이고, 그리하여 겪었던 잔상이며, 실체가 없는 미상이기도 하다.

인생이란 젊은 날엔 경험을 쌓는 일에 몰두하다가,

늙은 날엔 기억을 정리하며 유추하는 일에 매몰되어 간다. 그렇다 보니 젊은 날엔 고생도 사서 한다고들 한다. 생각해 보면 고생이란 어렵고 고된 것을 겪는 일이고, 겪어서 체화되거나 습득이 되면 반드시 무언의 가치를 얻게 된다. 그 또한 훗날에는 무덤덤하게 때때로 미소 짓는 기억으로 완성되기도 한다. 그래선지 사람은 기억과 경험을 만드는 일에 대부분의 시간과 에너지를 쏟는다. 그것은 어쩌면 다가올 황혼의 시간을 버티기 위함일지도 모르겠다.

그래서 사람은 보다 많은 양질의 기억을 갖기 위해서 일생을 살아간다. 양질의 기억이야말로 마음을 튼튼하게 하고, 제때 적절한 상황판단을 할 수 있는 계기가 된다. 모든 사고의 메커니즘 또한 우리가 경험했거나 이미 알고 있거나 인지했던 것들로부터 파생되어 원활히 작동된다. 그렇다 보니 인간은 기억을 얻으려 살아가고, 그 기억을 삼아서 살아가기도 한다.

그러나 기억이란 실재하지만 '허상'이기도 하다. 그러므로 얼추 조작도 가능하다. 겉으로 드러나지 않아서 타자의 눈으로 확인할 수조차 없다. 그 때문에 더더욱 타자의 이해를 바라기도 힘들다. 기억은 오롯한 나만의 영역이며 고유한 이미지다. 아주 개인적이고 개별적이며 독창적이고도 다양하며 또한 다채롭다. 작금을 살아가는 이들에게 '살았던' 또는 '겪었던' 많은 사람의 기억이 필수적인 이유도 여기에 있다. 그래서 기억을 꺼내 누군가에게 보여주거나 증명하려면 반드시 '기록'으로 변환되어야 한다.

그로 인해 나의 기억은 더 이상 나만의 것이 아니게 된다. 개인의 기억이 다수를 위한 기록으로 발전하는 일은 그래서 경이롭고 위대한 일이 아닐 수 없다. 기록으로써 만인의 눈을 통해 읽히고, 그것이 다시 만인의 기억으로 변환되는 일이야말로 자신의 기억이 영원히 살아 숨 쉬는 일일 것이다. 그래서 중년에 접어들면 자신의 기억을 기록으로 남기고 싶어 하는 이들이 많아지는 것도 어쩌면 지극히 당연하다.

기억을 형상화하는 일이야말로 희귀한 작업이며, 그 희귀성은 가치를 높이는 데 기여한다. 그러므로 기록은 가치 있는 작업물이기도 하다. 기록을 통해서 인간은 무한한 지적 성장을 얻으며, 삶의 정보와 지표로서 타진하여 현재의 가능성을 예측하고 발전시킨다. 그러므로 기록은 인간에게 무한한 성장을 가능케 하는 것이다.

특히 기록은 현존하는 세대에게 등불과도 같다. 함께 걷는 길을 환하게 밝히는 낮의 역할을 기억과 기록이 대신할 수가 있다. 그로 인해 누군가는 삶을 지탱할 수 있는 위로와 용기를 얻을 것이고, 다른 누군가는 살아갈 희망을 구하고 펼칠 것이다. 그러므로 우리는 날마다 기억하고, 기록해야 한다. 기록은 삶을 풍성하게 만드는 기억이 되어 다시 나로서 살게 한다.

때문이다

　　더불어 사는 사회에서는 누구나 어깨를 맞대고 서로 다른 두 손을 마주 잡고 살아야 한다. 그렇지만 긍정적인 미래를 함께 바라고 어우러졌어도 종종 원하지 않은 결말을 마주할 때가 생긴다. 그때 우리는 어떻게 반응하고 행동하는 것이 서로에게 좋을지에 대해 너무도 잘 알고 있다. 어쩔 수 없는 결말을 받아들이고 굳건한 계기로 다져서 '그름'을 찾아 '옳음'으로 치환하여 시도해 보는 일일 것이다.

　　그 같은 정답을 알고 있어도 막상 제 감정에 함몰돼 버리면 그름을 찾는 것만으로 쉽게 끝을 맺기도 한다. 그것은 관계에 있어서 가장 불행한 끝맺음이 아닐 수 없다. 무엇 때문에 또는 누구의 탓으로 관계의 상황이 종결돼 버리면 원초적인 문제는 결코 해결될 수 없다. 그럼에도 '탓'의 기제는 주변에서 흔하디흔하게 목격되고 있다,

　　지난 뉴스만 보더라도 일면식도 없던 사람을 향해 잔

인한 행위를 서슴지 않게 하는 사건이 있었다. 그들은 하나같이 잔인무도한 행위를 전부 '세상 탓'이거나 그저 눈에 띈 '네 탓'으로 돌렸다. 불행히도 '탓'의 기제가 악랄하게 이용됐던 것이다.

연인이나 인연과의 헤어짐에도 관계의 문제는 분명하게 드러났다. 특히나 서로의 입장에서 '네 탓'만 하다가 문제의 해결점을 찾지 못해 악화일로의 관계를 걸은 적은 많았다. 누구도 그렇게 의도하지는 않았어도 관계의 틀어짐엔 반드시 각자의 이유가 존재했다. 그 때문에 '탓'에는 어느 정도 원망이나 책망의 기운이 서려 있다. 더 좋은 결말을 원했지만 그렇지 못한 이유가 상대방을 통해 보였기 때문이다.

그럼으로써 내 탓이 아니라 '네 탓' 일 때에 생기는 문제의 심각성은 배가 된다. 법의 분명한 판단처럼 너와 나는 각각 가해자와 피해자로 나뉘게 되고, 타자 또한 그 반대의 잣대를 내세우게 된다. 그렇게 원인이 되는 화살의 방향을 밖으로만 겨냥하게 되면, 두 가지 뚜렷한 양상이 발견된다.

첫 번째, 얼핏 주장에 합당해 보이는 그럴듯한 이유가 끊임없이 발견된다. 심지어 열 가지 백 가지 수천 가지 이유도 만들 수가 있다. 그러는 사이 타자에게 완전히 몰입하게 되어 정작 자신에게는 무감각하고 무심해지고 만다. 너 때문이고, 네 탓이고, 결국 세상 탓이라는 뻔한 결말로 제 문제를 귀결해버리면 머지않아 지금의 내가 설 자리를 잃게 된다.

두 번째 양상으로는 제 안의 성장을 끌어내지 못하게 된다. 왜냐하면 원인이 밖에서만 존재하게 되면, 외부가 온통 나를 공격하는 것으로 간주될 수 있기 때문이다. 그러면 관계의 단절은 말할 것도 없고, 수동적이고 타율적인 존재로 살다가 늘 피해자가 되기 쑤다.

스스로 무결함을 지키고자 자신을 가장 나약한 존재로 만들 수는 없지 않은가. 이 시대의 강인함은 자신의 완전무결함을 부정하는 것이고, 제 문제의 책임감을 갖는 것에서부터 시작된다.

그러므로 '네 탓'을 하기 전에 '내 탓'일 수 있다는 주체적인 힘은 상황에 대한 유연한 자세를 취하게 하여 자신의 문제를 직시하게끔 한다. 서로 간에 무작정 '네 탓'만 하면서 제 문제를 차단하지 않는다. 오롯한 무게를 짊어지므로 화살의 촉을 상대방을 향해 겨누지도 않는다.

더 이상 타자의 원인 찾기에만 혈안이지 않고, '다름'과 '결점'과 '실수'를 포용하게 되면 다시 긍정적인 결말을 이끌 수가 있겠다. 그때의 원인은 문제를 해결하는 구심점이 되어 얼마든지 결과를 달리 만든다. 그럼으로써 관계의 발전이 일의 성과와 곧장 연결되기도 한다. 일이 잘 풀리느냐 잘 풀리지 않느냐의 근본적인 원인도 결국 사회나 그들만의 탓이 아니라, 제 안에서도 얼마든지 찾게 된다. 그러면 굳이 잘잘못을 따져가며 뾰족한 화살을 서로에게 겨누는 일도 조금씩 사라지지 않을까. 애초부터 불완전한 서로를 이해할 수 있게 되지는 않을까. 씁쓸히 바라본다.

'하지 마라'의 함정

무엇을 바라고 원하면 자연스레 '하다'라는 동사가 붙어서 곧장 품을 들이기 시작한다. '하다'의 계속되는 반복은 '무엇이 되다'와 '무엇을 이루다'로 진전되기도 한다. 물론 '하다'가 항시 분명한 결과를 이끌어 내는 것은 아니지만 그로 인해 상황의 전과 후가 달라지는 경우는 많다. 그래서 '하다'는 행동을 이끌어 내어 반응이나 생각을 기대하게끔 한다.

특히 자발적인 '하다'는 에너지를 모아서 능동적이고도 주체적인 삶을 설계하도록 한다. 그런 의미에서 매일 무엇을 꾸준히 하는 일상을 보낸다면, 제자리에서 고립되어 도태되는 일은 아마도 없을 것이다. 그러므로 '하다'는 현재와 미래를 잇는 말이기도 하다.

그에 비해 '하다'의 저 반대편에 존재하지만 의외로 가까운 말, '말다'는 무엇을 하지 않거나 그만두는 의미의 동사로서 곧장 시간과 품을 차단해 버린다. 또한 시간과의 동행이 금지된 탓에 앞으로 나아가지 못하고 멈추게 한다. 그럼으로써 행동을 막아서게 해 어떤 반응이나 생각을 기대하지 못하게도 한다. '말다'와 같은 말을 자주 경험한다면 제 안을 점검해 볼 필요가 있겠다. 어딘가 보이지 않는 벽으로 둘러싸인 동굴 속에서 나도 모르게 제자리만 돌고 있을지 모른다.

그렇듯 '말다'는 스스로 옳고 그름이나 호와 불호를 판단하며 쓰이기도 하지만, 그렇지 않은 경우도 있다. 그중에서 타율적인 '하지 마라'는 나의 판단이 결여된 채 무엇을 하지 않게 하거나 그만두게 한다. 그렇기에 객관적이거나 윤리적인 판단이 필요치 않은 상황에서는 더더욱 제약과 제한을 종용하여 자유를 말살하기도 한다. 또한 그것은 행동과 행위의 반경을 좁혀서 한계를 두게끔 한다. 획일적이고 수동적인 삶의 형태를 띠거나, 뭇사람들의 의기를 위축하거나 저상하게 하여 정체시키기도 한다.

그러니 그들이 다시 움직이려면 방향성을 재설정해야만 한다. 타율에서 자율로, '말다'에서 '하다'로의 전환은 꽤 힘이 들겠지만, 중요한 분수령이 될 수 있다. 전대의 사람들 또한 외부의 숱한 압력과 속박 속에서도 분수령을 맞았고 그럼으로써 자유를 탈환했다.

　후대를 사는 사람들에게도 보이지 않는 속박은 여전히 존재하고 있다. 사회에서도 직장에서도 하물며 가정에서도 상시 드러난다. 그 때문에 각자 개인에게 부여된 '하지 말라'는 것은 넘쳐난다. 그러한 지시대로 움직인다면 그럭저럭 세상이 요구하는 정도正道를 걷게 된다. 보통의 기쁨과 슬픔 혹은 평범한 안락과 일상이 계속해서 이어지게 된다. 그러니 현대인들은 전대의 사람들처럼 그 안에서 힘겹게 벗어나려고 발버둥 지지 않는다. 그런 그들에게 자유는 미약할 뿐이다. 자유는 개인의 상상과 인류의 미래를 연결하는 가교 역할을 하기도 하는데, 자유가 제한되면 말미암아 개인도 지엽적인 존재가 되고 만다. 그보다 더욱 불행한 것은 그조차 문제라고 여기지 않는 의식에 있다.

　그러므로 우리는 보이지 않는 벽을 가늠할 수 있는 지력과 제대로 볼 줄 아는 안목을 갖춰야 한다. 그래야만 '하지 말라'에 관한 근원적인 물음을 연결할 수가 있다. 그와 같은 질문은 본질을 탐색하게 하고 문제를 알아차리게 하여 적확한 사고와 행동을 촉발한다. 이제껏 하지도 말고 보지도 말라는 말이 단 한 번도 우리의 호기심이나 관심을 불러일으키지 않았던 적은 없었다. 그렇기에 앞으로도 우리가 할 수 있는 일은 '하지 마라'는 것으로부터 완전히 길들여지지 않는 것이다. 늘 물음을 던지고 그에 대한 해답을 찾을 수 있도록 시도해 보는 일일 것이다. 자유를 쟁취하는 것은 바로 거기에서부터 시작된다.

나는 실패했다

요즘 내 인생의 걸음은 전보다 훨씬 더딘 편이다. 선택과 결정에 있어서 매사에 조심스러워 망설이다 보니 무기력한 기운마저 물씬 나고 있다. 어느 때는 한참이나 멈춰서 시간을 역행하고 한숨을 내비치기도 했다. 그때마다 불현듯 스쳐 지나가는 질문이 있었다. '내가 잘하고 있는 것일까?' 가도 가도 알 수 없는 길을 따라 무념무상으로 휩쓸리는 기분이 엄습해도 나는 잘하고 있다 다독이며, 아쉬운 걸음을 마저 떼어냈다. 그러니까 나는 작은 실패조차 인정하려 들지 않았다.

누구나 실패의 길로 다다를 수 있다. 그러나 실패를 인정하고 곧장 방향을 트는 자가 있고, 맹시와 관성대로 나아가는 자가 있다. 나는 후자의 역할을 자처했다. 자신의 치부와 과오를 마주하는 것보다는 당장 거부하는 편이 나에겐 훨씬 쉬웠다.

'나는 실패했다.' 그 말을 꺼내 놓기가 버거웠던 까닭도 스스로 지켜왔던 굳건하리만큼 강한 관념이 부서지는 경험 때문이었을 것이다. 실패라는 한마디로 내가 쌓아왔던 근간이 무너지는 것은 충격이나 고통 따위와 별반 다르지 않았다. 그렇다 보니 나의 실패는 외면하려는 불안이었다. 평정을 잃은 현상에도 불구하고, 애써 '괜찮다' 달래가며 혼란을 맞닥트리다가 어정쩡한 기류를 타곤 했다. 그만하면 잘하고 있다고 현실을 부정하기도 했다. 그러자 나의 진취력은 점점 미약해지고, 굳건하던 자아도 희미해졌다. 때때로 존재를 부정당하는 두려움에 휩싸이기도 했다. 실패라고 명명되기 전까지의 나는 어찌 됐건 애쓰는 시간과 다듬어지는 노력으로 존재해왔기 때문이다.

그러니 실패를 인정하려거든 당장 불안을 외면하지 말아야 할 것이다. 내 안의 두려움과 불안을 직시하면서, 초라하리만큼 볼품없는 진실과 마주하는 것. 그래야만 완벽하지도 확실하지도 않은 현실 세계에서 두 발을 제대로 디딜 수가 있다. 성숙한 어른의 태도는 삶이 불확실하더라도 쾌히 살아내는 일이다.

실패와 반대되는 것이 성공이라면, 누구나 성공을 꿈꾸고 쟁취하려 한다. 그래서 누군가의 성공한 삶은 완전

해 보이기까지 한다. 어느 것도 완전할 수 없는 세상인데
도 그 같은 착시는 제법 힘을 갖는다. 그러나 간절히 바라
왔던 성공을 이뤘다고 해서 완전한 평생을 보장받지는 못
한다. 실패의 경우도 마찬가지다. 지금 실패했다고 해서
인생의 전부를 실패한 것이 아니다. 나라는 존재가 영원
히 무너질 것도 아니다. 그것은 마치 하늘을 수놓는 별빛
의 명암처럼 인생을 수놓는 실패와 성공의 명암이 반복되
는 일일 뿐이다. 그래서 빛과 어둠, 성공과 실패가 점멸하
는 삶은 우주의 별빛처럼 황홀하다. 그러니 지금 실패를
마주한 내가 해야 할 일은 실패를 충분히 애도하는 일일
것이다.

나의 삶을 열렬히 슬퍼해야만 다시 기뻐할 수 있고,
처절히 좌절해야만 다시 환호할 수 있고, 고통에 몸부림쳐
야만 기쁨에 몸 둘 바를 모르게 된다. 그런 열띤 감응을 통
해서 나는 온전히 지금을 살 수 있게 된다. 그렇게 어느 시
인의 마음이 된다.

"나는 새를 사랑한다. 그들이 날기 때문에, 그리고 날
지 않기 때문에. 물이나 구름 속에 몸을 담그기 때문에 사
랑한다."

—《읽거나 말거나
(비스와바 쉼보르스카 지음, 최성은 옮김, 봄날의책, 2018)》

제 4 부

중후한
태도

"행복은 스스로 만족스럽다고 생각하는 사

람의 것이다."

　　　　　　　　　　　　　— 아리스토텔레스

새벽 맞이

여기 매일을 새롭게 사는 방식이 있다. 오늘의 해가 뜨면, 어제와는 다른 내가 되어보는 것이다. 하나의 몸으로 다른 삶을 살 수 있는 방법은 오직 마음을 달리하는 것으로 가능하다. 희망과 슬픔은 해와 함께 저물기 마련이고, 격동의 하루도 어둠의 적막감에 감응되기 때문이다. '이른 새벽의 상쾌한 기분平旦之氣'이 하루의 아침을 새롭게 만들어줄 것이다. 그러니 아침이 찾아오면 기지개를 켜고 격하게 맞이해야 한다.

오늘도 나의 아침은 그러했다. 서재에 앉아서 떠오르는 해를 바라보고 있자니 어제와 다른 희망이 솟아났다. 어쩌지 못한 아쉬움일랑 머릿속 어느 곳에서도 살아남지 못했다. 그토록 잔인했던 감정도 아침이 되자 아무런 힘을 쓰지 못하고 고립되고 말았다. 그건 마음이 움직인 탓이었다. 어둠을 뒤로 하고 밝음을 보기로 했기 때문이다. 조윤제의 《다산의 마지막 공부》에서는 마음의 주체를 '나'로 이야기한다. 자신의 마음이 바뀌면 모든 것이 바뀌며 모든 것은 바로 자신의 마음에서부터 시작된다는 것이다.

아침마다 마음을 달리하는 것으로 하루가 변화되면, 머지않아 인생의 변화도 기대할 수 있겠다. 하루하루의 마음 먹기가 길게 이어진다면 끝내 모든 것이 바뀌는 것은 시간문제이다. 변화란 순식간에 찾아오지 않는다. 서서히 조금씩의 시간이 모여 변화를 이끄는 법이다. 그러므로 아침에는 기지개를 켜자. 눈부시게 밝은 기운에 마음이 가닿도록.

기꺼이 아침의 광명을 맞이하면 설익은 온도에 살결은 쭈뼛해도 들숨은 가히 상쾌하다. 몸이 가볍고 에너지가 넘쳐서 하루가 덩달아 신이 난다. 그야말로 온 하루가 세상의 응원을 받는 격이다. 마땅히 온종일 좋을 수밖에 없다.

이러한 이유로 아침을 예찬하는 사람들이 늘어나고 있다. 새벽 기상이라는 단어가 여기저기서 자주 들린다. 하지만 유행을 좇는다는 말로 새벽 기상을 운운하는 건 어렵겠다. 유행은 아주 짧게 끝나고 사라지지만 아침의 시간은 날마다 새롭게 반복되니 말이다.

또 새벽 기상을 예찬하는 이들은 아침에만 마시는 들

숨의 맛을 진정 알고 있다. 그것은 제 삶을 변화시키겠다
는 각오이자 다짐이다. 새로이 뜨는 양지 위로 제 몸을 돌
려서 마음을 달리 해보겠다는 것이다. 나 또한 새벽의 청
명한 기운을 벗삼은 하루하루가 인생을 변화시킬 수 있다
는 믿음을 온전히 지지한다.

　　새벽은 하루의 시간 중에서 가장 온전한 시간이다.
오롯한 나로 숨 쉴 수 있는 유일한 시간이며 의무적이고
의도적인 일들이 감히 넘볼 수 없는 신성한 시간이다. 그
래서 새벽 기상을 하는 사람들은 본연의 시간을 보내느라
열정적일 수밖에 없다.
　　그러니 저마다 새벽을 지내는 방법도 다양하다. 글을
쓰거나, 조깅을 하거나, 책을 읽고 명상하기도 한다. 각자
마음이 끌리는 일을 함으로써 자신만의 시간을 개척해 나
간다. 그도 그럴 것이 새벽만큼 잔잔한 시간도 없다. 그 시
간이야말로 인생의 작은 물살을 일으켜 봄 직하다. 훗날
작은 물살이 거대한 파도를 일으키는 순간, 삶의 표적 또
한 바뀔 것이다.

　　우리의 해는 날마다 다르게 떠오른다. 해는 단 한 번

도 똑같은 빛으로 세상을 밝히지 않았다. 조금씩 다른 빛으로 사물을 비추다 어스름하게 지고 나면 다음의 해가 다시 찾아왔다. 꼭 우리네 삶과 닮았다. 그러니 새벽마다 새로워지는 기분을 만끽해 보자. 새벽은 모든 것들이 시작하는 시간이다. 그때는 등급이나 순위 따위도 필요치 않다. 한없이 너그러운 그 시간이야말로 어떤 존재도 희망이 될 수 있다.

기분

지금, 당신의 기분은 어떠한가? 기분은 시간을 거느린다. 마음의 변화에 따라 우리의 기분이 시간을 지배하는 것이다. 마음이 고요하면 어떤 기분에 쉽게 도달하게 되는데, 주로 기쁨이나 행복에 가까워지게 된다. 반면에 마음이 흐트러지면 어떤 기분에도 쉽게 도달하지 못한다. 그런 날엔 어영부영 밋밋한 시간만 보내기 십상이다.

마음이 가라앉기라도 한 날에는 그것을 부여잡는 데 시간을 허비한다. 울적하거나 의욕 없는 기분으로 보내기도 하고 매너리즘에 빠지기도 한다. 그러므로 마음을 잘 다스리는 건 하루의 시간을 의미 있게 보내는 것과 같다.

똑같은 시간을 보내더라도 마음이 안정될수록 긍정적이고 여유롭다. 그래야 더욱 건강한 기분을 가질 수가 있다. 그렇다면 마음은 어떻게 다스리는가. 다스리려면 앞장서서 지휘할 힘이 필요하다.

힘은 본래 근육을 의미하는 말이었다. 《우리말 우리

문화(박갑수 지음, 역락, 2014)》에서는 15세기 〈훈민정음〉 해례본 내용을 바탕으로 힘은 '위근'으로, '근육' 혹은 '힘줄'을 의미했다고 말한다. 마음을 다스리려면 먼저 단단한 근육이 붙어야 한다. 몸의 근육처럼 마음에도 근육이 붙으려면 양분을 꾸준히 섭취해야 한다. 그러려면 양지에서 자란 신선한 재료에서 나오는 풍부한 영양소를 섭취해야만 한다. 용기를 북돋거나 긍정적인 기운이 넘치는 말이야말로 마음의 풍부한 영양소다. 이것을 꾸준히 쌓으면 마음의 근육이 붙는 건 시간문제다.

또한 몸을 단련하듯 마음도 단련해야 한다. 나쁜 생각을 쫓아내고 좋은 생각을 수렴하면서 마음을 정화해야 한다. 시시때때로 지치거나 힘들거나 우울한 일이 있어도 마음의 평정을 찾으려고 노력해야만 한다.

그때마다 클래식을 듣거나 명상하거나 독서를 하는 것도 좋은 방법이다. 모두 고요함을 추구하는 행위이다. 위아래로 솟구치는 기분을 가라앉히면서 마음을 단련하는 것이다. 마음의 힘이 강해질수록 기분은 쉽게 조절된다. 그렇게 되면 기분의 상태에 따라 더 이상 시간이 지배받지 않는다.

우리는 때때로 자신의 기분을 여과 없이 드러내는 사

람들을 마주할 때가 있다. 스스로 조절하지 못한 기분을 상대방에게 넌지시 드러내는 것은 시간을 지배하지 못함을 증명하는 것이나 다름없다. 성공에 이르는 데에는 시간의 지배력이 관건이다. 이 또한 마음의 힘이 결정적인 역할을 한다.

그야말로 하루가 다르게 변모하는 세상이다. 살아가기 위해선 사람도 변해야만 한다. 그래선지 새로운 것에 마음이 동하기 일쑤다. 여기저기 시선을 끄는 것들에 마음이 쉽게 흔들리는 것이다. 갖고 싶고, 얻고 싶고, 누리고 싶은 욕심에 자꾸만 마음이 흔들리는 게 이상하지 않다. 제 마음을 온전히 붙잡기 어려운, 화려하고도 풍요로운 세상이다. 그렇다 보니 누군가는 헛헛함을 느끼기도 하고, 왠지 모를 불안감에 휩싸이기도 한다. 나아가 분노를 참지 못하거나 우울감에 휩싸인 이들이 눈에 쉽게 체이는 것이다.

그들은 어찌지 못하는 기분으로 시간과 에너지를 쉽게 소진한다. 마음의 힘이 없다 보니 주변의 흐름에 종종 휩쓸리기도 한다. 게다가 다른 사람의 이상과 목표를 자신의 것처럼 여기며 살아가기도 한다. 마치 바람에 휩쓸리거나 물결에 떠밀리는 무력한 파도와 같은 삶이다. 그러므로

공허한 마음으로 시간을 흘려 보내는 행위만큼 잔인한 것
도 없다.

그러므로 제 마음의 힘을 기르는 일은 매우 중요하
다. 인생을 풍요롭게 살기 위해서는 더욱 그러하다. 맹자
는 그에 관한 해법을 이렇게 풀이하고 있다.

"마음을 기르는 데는 욕심을 줄이는 것보다 더 좋은
것이 없다."

욕심은 마음을 의도치 않은 방향으로 이끌기 마련이
다. 욕심을 부리면 마음의 힘이 분산되어 자신도 모르게
마음이 한 곳으로 기울어지게 된다. 그러므로 욕심을 줄임
으로써 마음가짐을 바르게 하는 것은 균형을 잡고 올곧게
서는 것과 같다. 즉, 마음을 길러 힘을 얻어야 삶의 중심도
세울 수 있다. 이때야말로 자신의 기분을 다스릴 수 있는
상태가 된다. 수시로 이를 새기며 마음을 돌본다면 머지않
아 인생의 뜻깊은 변화도 누려볼 수 있지 않을까.

관심을 지키는 방법

　자타가 공인하는 자전거 라이더로 생활한 지 30년째다. 시간에 대한 보상 탓인지 자유자재로 자전거를 다룰 수 있는 건 특권이기도 하다. 그래서 시간이 날 때마다 부지런히 자전거 길을 찾아다닌다. 방방곡곡으로 뻗은 자전거도로는 그러한 특권을 남용할 만한 최적의 장소다. 강이나 호수를 끼고 나무가 우거진 자전거도로를 달릴 때면 물 만난 고기 마냥 스스로 제어할 힘을 잃는다. 나도 그렇고 자전거도 그렇다.

　때때로 익숙함으로부터 수월함을 느끼게 되면 곧장 자신만만한 상태에 이른다. 내가 자전거를 탈 때 생기는 마음도 그와 같다. 한때는 어렵거나 복잡했던 것들이 훨씬 쉽고 간단해지기 때문이다. 그것은 거뜬히 해낼 수 있는 능력이며, 이는 스스로를 굳게 믿는 자신감이 되어 활력을 증진시킨다. 내가 자전거를 타면 외려 에너지가 솟는 것도 그러한 맥락에서 비롯된 것이다. 그래서 살아가는 데에 자신감을 갖는 것보다 더 중요한 것은 없다. 그만큼 자신감은 나를 움직이게 하는 근본적인 힘이다.

하지만 자신감을 유지하기란 여간 어려운 게 아니다. 어떤 날은 들킬세라 꽁꽁 숨어 있기도 하고, 또 어떤 날은 거침없이 마음을 도와 일으킨다. 자신감은 행위나 작업 따위에도 항상 다양한 모습을 띤다. 그래서 대개 낯섦 앞에서는 한없이 작아지고, 익숙함 앞에서는 거대해진다. 이러한 성질 때문에 우리는 늘 마음의 경계를 살피는데 소홀해서는 안 된다.

누구나 자신감을 갖기 원한다. 그리고 자신감이 충만할 때 비로소 자존감도 성장한다. 자신감이 '나'를 지탱하는 근본적인 힘이라면 자존감은 '삶'을 지탱하는 근본적인 힘이다. 두 마음이 공존하는 상태야말로 가장 건강하고 뜻 깊은 시간으로 점철될 수 있다.

그러나 좋은 것도 지나치면 독이 된다. 자신감과 자존감이 지나치면 '나'의 영향력을 과신하게 된다. 이는 곧 자만심으로 발전할 수도 있다. 자만심은 스스로에 대한 오만이나 거만한 상태를 말한다. 우리는 자만심을 경계해야 하며 그것으로부터 자신감과 자존감을 독립시켜야 한다.

그러려면 안 하는 것과 못하는 것의 경계를 제대로 구분할 줄 알아야 한다. 이는 곧 제 능력의 한계를 파악하고 인정하는 것이라고 할 수 있다.

나 역시 자전거의 특권을 자전거 도로 위에서 맘껏 누렸다. 핸들에서 두 손을 놓기도 하고, 사정없이 페달을 구르기도 했다. 거침없는 질주를 하면서 생겨난 건 자신감이 아니라 자만심이었다. 그 순간, 호기를 부리던 나는 바닥으로 고꾸라졌다. 그로 인한 피해는 가혹했다. 두 다리에 시퍼런 멍이 들었고, 턱에는 깊은 찰과상이 생겼다.

대개 익숙한 것들에 대해서는 마음이 놓이기 마련이다. 마음이 쓰이는 것이 관심이라면 마음이 놓이는 것은 안심이다. 관심이 계속해서 마음을 들춰보는 행동이라면, 안심은 더 이상 마음을 들춰보지 않는다. 그것은 자신만만하거나 자만심이 자라기 딱 좋은 환경이 된다. 그래서 안심하는 순간에 어처구니없는 실수가 비롯된다. 언제 생겨났는지도 모를 자만심의 응징인 것이다.

그러므로 안심을 경계하는 편이 좋다. 마음을 놓아 편해지면 변화를 거부하기 쉬운 상태가 된다. 그러나 성장의 동력은 변화로부터 나오지 않던가. 변화는 불안을 좇으므로 한시도 마음을 놓을 수가 없으니 안심을 경계한다.

그렇다 보니 무언가에 관심을 쏟게 되면 변화와 성장을 꿈꿔 볼 만하다. 그렇다고 항상 긴장의 상태로 온갖 관심을 두면서 살아가는 것은 확실히 지치고 힘든 일이다. 그래서 우리에겐 마음의 긴장과 불안을 의도적으로 풀어주는 시간이 꼭 필요하다. 그러한 마음의 수축과 이완의 시간이야말로 살아 있음의 표징이고, 세상과 나를 소통시키는 전원 장치인 셈이다.

MBTI의 규정성

스스로에게 이런 질문을 던져보자.

'나는 딱 한 마디로 규정할 수 있는 사람인가?'

나는 한마디로 규정되는 사람이 아니다. 역할도 직업도 일정하지가 않다. 그뿐이랴. 늘 내향적이지도 늘 외향적이지도 않다. 상황이나 처지에 따라 또는 사람이나 기분에 따라 얼마든지 제 모습을 달리한다. 다시 말해 환경에 대한 적응, 성장과 발전을 위한 도약을 위해서 일정한 모습을 타파하려는 사람이다. 그럼으로써 인생의 성장을 도모하고 있다. 또한 그것은 사람의 일반적인 특성이기도 하다.

만일 매일 똑같은 생각과 행동으로 일관된 인생을 살았다면, 나와 다른 타인을 이해하기는 무척이나 힘들었을 것이다. 아마도 공감 능력은 불가능에 가까웠을 테다. 그러나 오늘날 우리는 저마다 공감 능력을 발휘하여 타인과 교류하고, 그로 인한 사회적인 관계를 확장시킨다.

그렇게 우리네 인생은 각기 다른 형태로 나아가고 있다. 저마다의 시간이 존재한다는 자각만으로도 한발 앞서 타인을 배려할 수도 있다. 그러나 작금의 시대를 사는 사람들은 저마다 일정하게 규정되어 분류되어 가고 있었다. 그것은 내향이냐 외향이냐의 일차적 분류에 이어 감각적이냐 직관적이냐, 사고형이냐 감정형이냐, 거기에다 판단과 인식의 성향에 의해서도 분류된다. 마치 인간형 로봇이 기계적인 분류화가 되어 또 하나의 네이밍으로 일컬어지는 것만 같다.

그럴 것이 뭇사람들은 분류화가 진행되면 '네이밍'대로 행동할 것처럼 사람의 성격과 행동을 앞서 추측한다. 스스럼없이 경험을 예견하기도 하고, 섣부른 지적이 아무렇지 않게 통용되기도 한다. 조금 더 괜찮은 사람이 되기 위한 조언까지 체계화되어 있어 반기라도 들라치면 몰이해로 응당한다. 꼭 저 자신인 것 같으면서도 전혀 다른 내가 창조된 기분이다. 그것은 누구를 만나기라도 하면 매뉴얼처럼 다시 등장한다.

그러한 세태에 힘입은 탓인지 규정된 자아상을 향해 조언과 지적이 난무하는 게 다반사다. 그 두 가지 말의 형태야말로 상대의 완전함을 인정하지 않는 태도에서 비롯되며 나아가 나의 의견이나 생각이 더해지면 완전함에 기여하는 것으로 여긴다. 그러므로 우리는 늘 타인을 지적하고 조언하는 일 따위를 경계해야 한다. 그것은 상대를 완전하게 인정하지 않는다는 뜻을 내비치는 것과 같기 때문이다.

그렇다면 지적과 조언을 애써 경계하기 위해서 어떻게 해야 할까. 첫째로는 자신을 잘 파악하고 제대로 알고 있어야 한다. 나를 알고 남을 알면 굳이 부딪칠 일이 없다. 공격이야말로 무지함에서 비롯되기 때문이다. 내 힘을 가늠하기 위함이거나 상대의 힘을 함부로 가늠하는 까닭에 서로의 영역을 넘보고 침범하기에 이른다. 그러한 무지와 섣부른 판단을 지양하기 위해서는 나와 남을 제대로 인지하고 있어야 한다. 그럼으로써 서로의 어쩔 수 없는 다름을 인정할 수 있을 때 지적할 만한 상대의 문제점은 더 이상 보이지 않게 된다.

어차피 우리가 살아가는 인생의 방식은 개별적이고도 특수한 형태를 띤다. 애당초 보편성을 추구할 수 없기에 각자의 다름을 인정하며 더불어 살아가는 것이다. 결국 인생은 우위나 우열을 가리거나 경계를 나눠서 분간하는 영역이 아니다. 그래서 내 생각대로 콕 집어서 가리키는 '지적'이나, 말로 거들어 상대의 생각을 깨우쳐 주겠다는 '조언'은 그리 대단한 것이 될 수 없다. 그러므로 둘째로는 지적과 조언으로부터 내 인생을 보호하겠다는 강한 자의식을 가져야 할 것이다.

나는 한낱 대중의 흐름에 편승하여 물살을 타고 정처 없이 부유하고 싶지 않다. '나'를 규정한 어떠한 자아상도 내가 될 수 없다. 그리하여 내가 아닌 나를 향한 가벼운 지적과 조언도 그리 달갑지 않다. 그저 어느 날은 깊이 침잠하다가 또 어느 날은 하늘로 높이 뛰어오르고 싶을 뿐이다. 그러한 예측 불가능성은 나의 삶을 한층 더 유쾌하게 만들 것임이 틀림없다.

내가 틀릴 수 있다

《내가 틀릴 수도 있습니다(비욘 나티코 린데블라드 지음, 박미경 옮김, 다산초당, 2022)》에서 아잔 자야사로 스님은 다음과 같이 말했다.

"갈등의 싹이 트려고 할 때, 누군가와 맞서게 될 때, 이 주문을 마음속으로 세 번만 반복하세요. 어떤 언어로든 진심으로 세 번만 되뇐다면, 여러분의 근심은 여름날 아침 풀밭에 맺힌 이슬처럼 사라질 것입니다."

그가 말한 주문은 바로 이것이다.

"내가 틀릴 수 있습니다."

대부분 사람에게 있어서 선택과 결단은 마땅히 옳고 합리적인 생각에 의한 결과로 치부된다. 그래선지 행동은 생각의 확신을 통해서 구현되고, 인생을 보다 진취적으로 살아가게 하는 구심점이 되기도 한다. 또한 옳다는 생각과 행동에는 어쩔 수 없는 책임감도 따르기 마련이다. 스스로 무거운 짐을 얹고 앞을 향해 나아가기 때문에 이해를 갈

구하거나 제 의도를 증명할 수 있기를 원한다. 따라서 선택과 결단 앞에서 타자로부터의 인정과 존중의 시각도 내심 필요한 것이 사실이다. 그러나 자칫 '무조건 내 생각이 맞고, 너의 생각은 틀리다'라는 주장을 내세우지는 말아야 할 것이다. 왜냐하면 그런 주장을 내세우다 보면 아잔 자야사로 스님의 말처럼, 갈등의 싹이 트거나 누군가와 맞서야 할 상황을 맞닥트릴 수 있기 때문이다. 그때야말로 그의 주문인 '내가 틀릴 수 있습니다'가 제빛을 발할 때다.

그런데도 대개 자신의 확신은 '내가 옳다'는 양상으로 퍼져 나갈 수 있다. 그 같은 아집은 단단한 생각을 시나브로 오염시킨다. 그때 경계해야 할 것은 '내가 틀릴 수 있다'는 의심을 품어보지도 못함이다.

일단 내 생각이 아무런 의심 없이 고착되면 일방적이고도 좁은 식견으로 변질되고, 나아가 터널시야가 생길 수도 있다. 그때는 온통 내 생각과 선택이 틀림없이 옳거니와 마땅히 적합할 뿐이다. 어떤 것도 타협할 요소가 보이질 않는다. 내가 보려는 것만 보고 내가 생각하는 것이 곧 전부가 되고 만다. 점점 상대와의 관계에서 격차가 생기고 균열이 발생해 시시때때로 갈등이 등장한다. 급기야 서로를 향한 이해의 부재는 소통의 단절을 초래하고, 고립을 자초하게 된다. 그것이야말로 '내가 옳다'는 대표적인 징벌과 고통이 아닐 수 없다.

스스로 자처해서 징벌과 고통을 짊어지지 않으려면, 반드시 '내가 옳다'라는 생각에서 벗어나야만 한다. 언제 어느 상황에서든 '내가 틀릴 수 있다'는 생각을 항시 깨우쳐야 할 것이다. 그러한 생각이야말로 오늘을 슬기롭게 살아가는 단순하지만, 강력한 소통전략이 될 것이 자명하다.

그러므로 우리의 내면에서 시시각각 떠오르는 생각에 반기를 들어보는 것은 어떨까. 지금 머릿속을 채우고 있는 생각들은 대개 사실보다는 의견에 편향되어 있다. 의견은 가장 나약하고 가벼운 상태로 머릿속에 머무르기 마련이다. 그러니 기꺼이 반기를 들거나 등을 돌려도 괜찮다. 결국 쓸데없는 의견이 분리되어 떨어지면 생각은 객관적 사실과 견주어 대조된다. 그때가 비로소 '틀릴 수 있다'는 생각이 깃들 때다. 머지않아 독단적인 생각은 힘을 잃고 증발하고 말 것이다.

특히 절벽에 다다를수록 '내가 틀릴 수 있다'는 외침은 다시 살아가는 원동력이 된다. 판단은 한순간의 생각이며, 생각은 언제나 완벽하지 않다. 그 같은 생각으로 선택과 결단을 내리기에 우리는 늘 실수한다. 또한 누구나 옳다고 믿는 길로 나아가더라도 나에겐 잘못된 길이 될 수 있다. 어느 누구도 정답을 모르는 인생에선 어떤 생각도 정답이 될 수 없다.

그래서 자신의 목표와 계획과 미래가 언제나 예측을 벗어 나가기도 하고, 그에 따라 예측 불가능한 상황을 자주 목도한다. 그러니 언제까지 나의 옳음만을 주장할 수도 없는 노릇이다. 반복적으로나마 '내가 틀릴 수 있다'는 이치만 알아도 제법 우리네 인생이 편안하게 물들어 갈 것이다.

어둠의 효용성

《월든》에 나온 속담에도 있듯이 '어둠을 칼로 자를 수 있을 만큼 캄캄한 밤에는 마을의 한길에서도 길을 잃는 경우가 자주 있다'고 한다. 이처럼 익숙한 거리, 또는 낯익은 풍경도 어둠 앞에서는 속수무책이다. 어둠은 인간이 지각하는 모든 감각적 판단을 마비시킨다. 그래서 어둠에 사로잡힐 때마다 방황하거나 주저하고, 때로는 좌절한다.

그것은 인생의 기로에서도 마찬가지다. 때때로 우리는 삶의 질문으로부터 시간을 허락해야 할 때, 뭔지 모를 불안감에 무자비하게 마음이 흔들리기도 한다. 그때야말로 우리의 삶에 어둠이 찾아 들어오는 때다. 어둠은 순간적으로 삶에 드리워져 마음의 동력을 앗아가고 만다. 대개 어찌지 못하는 무력감을 느끼는 것은 당연하다. 그러니까 소로의 말처럼 어둠 속에서는 한길에서도 길을 잃게 된다.

그때는 자신의 행로나 방향의 문제로 치부해서는 안 된다. 다시 말하면, 어둠을 맞는 일은 제 안의 문제들로 빚어낸 결과가 결코 아니다. 단지 어둠이 찾아올 때라서 그렇다. 어둠이야말로 삶의 이정표를 무력하게 만드는 힘이 있다. 그렇다 보니 어둠에 사로잡힌 저 자신을 탓하는 건 아무런 도움이 되지 않는다. 또한 어둠을 이겨보려는 거센 대항력도 필요가 없다. 가장 좋은 방법은 그러한 어둠 속에 잠잠히 침잠하는 것, 어둠을 익숙하게 받아들여 감화된 눈으로 세상을 바라보는 것이다. 그때야 비로소 실체가 보이고, 풍경이 그려질 것이니 다시금 몸을 일으켜 앞으로 나아갈 수 있는 것이다.

미국의 저술가 헨리 데이비드 소로는 《월든》에서 길을 잃고 나야, 다시 말해 세상을 잃은 후에야 비로소 우리는 저 자신을 발견하기 시작하고, 각자의 위치와 관계의 무한한 범위를 깨닫기 시작한다고 이야기한다.

어둠은 모든 빛을 차단한다. 그리하여 빛으로 반사된 피사체가 한순간에 제빛을 잃고 순식간에 사라진다. 그것은 실존의 부재가 아니다. 존재하는 영역 안에서 기꺼이 답을 찾는 때다. 그래서 빛으로 생성되어 정진하는 모든 것들이 어둠을 맞게 되면, 사방에 혼란과 물음이 뒤덮이고 만다.

대개 생장하는 것들은 멈춤의 마디가 필요하다. 식물

도 그렇고 사람도 그렇다. 그러한 이유로 때가 되면 어둠 속에 잠잠히 침잠하며 다시금 의미를 재정립해야만 한다. 그래선지 빛과 어둠은 한 쌍인 듯 움직이며, 그 둘의 공존은 반드시 필요하다.

그러므로 길을 잃어 방황하거나 주저앉은 사람들은 거기서 끝이 아니란 것을 다시금 상기해야 한다. 그리하여 어둠 속에 머물면서 자신의 질문에 깊은 답을 찾아야만 한다. 어둠은 진짜의 나를 발견하기 좋은 시간이며, 내 안의 무한한 능력을 깨닫기 위한 필수 불가결한 틈이다.

그게 바로 빛과 어둠이 상생하며 공존하는 이유다. 어둠으로부터 빚어낸 시간이 빛을 받으면 나아갈 동력으로 탈바꿈된다. 이러한 순환이 이루어질 때 신체는 회복되고, 나아가 삶의 질도 확장된다.

간혹 빛이 풍성한 낮의 시간에도 누군가의 걸음은 잘못된 방향으로 쉬이 나아가기도 한다. 아직 어둠을 맞이하지 않았거나, 허투루 어둠의 시간을 지낸 탓이다. 그로부터 벗어나지 못하면 제아무리 빛나더라도 결국 길을 잃게 되는 법이다.

그러므로 낮만큼이나 밤을 애처로이 여기자. 어둠이

찾아오면 그 속으로 동화되어 스스로를 어두운 명도로 힘껏 낮춰보자. 어둠에 익숙할 즈음 모든 것은 새롭게 다시 살아날 것이다. 한 걸음씩 나아갈 큰길의 윤곽과 내 안의 걱정도 완화될 것이다. 그리하여 온전한 답을 찾았다면, 거뜬히 몸을 일으키면 된다. 나를 세우는 순간, 어둠은 전멸한다.

다같이 '할라라'

만능 계획의 시대다. 작금의 현대인들은 잠에서 깨자마자 미리 계획된 일들을 행하느라 늘 분주하다. 행여 계획에서 벗어나기라도 하면 제 할 일을 다 하지 못했다는 자책이나 혼란을 경험하기도 한다. 그래선지 그날의 계획을 미리 세우는 일은 당연하기라도 하듯 모두에게 익숙한 과제처럼 여겨진다.

어려서는 어른이 되는 상상을 하며 완벽한 미래 계획을 세워보기도 했다. 성인이 되자 완벽함의 부재를 깨달았고, 사전의 계획은 어김없이 금이 가기 시작했다. 그러자 조금 더 예측 가능한 미래를 계획해야 했다. 중년으로 접어들자, 예측했던 가까운 미래도 금이 가기 일쑤였다. 그뿐이랴? 때때로 처절히 무너지거나 예상치 못한 일들로 제정신을 차리기 힘겨울 때도 많았다. 그로부터 나는 한 치 앞도 모르는 내일의 계획을 세우지 않기로 다짐했다. 살아갈 계획을 세우지 않으니 뭔가 반듯하게 정립해야 할 인생의 도표가 사라지는 것과 같았다. 그것이야말로 멋대로 살아보겠다는 작심인지 반문하기도 했다. 그러나 단단한 계획을 세우지 않아도 인생은 자연히 흘러갔다. 대단한 목표를 갖지 않더라도 현재의 삶에서 필요한 것을 인지하고, 그것을 갖추기 위해서 노력했다. 때로는 부족함을 그대로 느끼는 시간을 보내면서 의외로 다분한 기쁨과 안정을 얻기도 했다.

말마따나 인생에는 잘 짜인 계획서가 그다지 필요치 않다는 걸 이제야 안다. 계획이란 연속성을 띠어서 하나의 계획을 달성하면 또 다른 계획을 시일 내에 세우기 마련이다. 그래서 대다수는 뿌듯함이 배가 되는 기쁨을 계속해서 누리고 싶어한다. 그러나 곧장 반복된 피곤함이 찾아오고, 거기에 무기력함도 드리워지자 차라리 덜 노곤해지리라 마음먹은 것이었다. 그러자 설령 계획대로 되지 않아도 일체의 실망스러운 감정이 필요 없어졌다.

물론 미리 계획을 세워서 달성해나가는 뿌듯함과 견주어 보면 비계획적인 삶은 어설프거나 가벼워 보이기까지 했다. 그러나 비계획적인 삶은 즉흥적이고 무책임한 행동을 양산할 수 있는 무계획적인 삶이 아니다. 삶의 근간을 이루어 나가면서 계획된 목표 달성에 초점을 맞추는 게 아니라 계획치 않은 곳에서도 충분히 행복을 느끼려는 삶이다. 오히려 인생을 살면서 느슨하게 틈이 보일 때야말로 저 자신을 발견하고, 오롯한 정체성을 깨닫지 않는가.

그러므로 맹목적인 계획안에 자신의 삶을 맞추어 살지 않기를 바란다. 고대 그리스에서는 전투가 벌어질 때 병사들이 서로를 이렇게 격려했다고 한다.

"할라라."

그리스어 '할라라'는 느슨하다는 뜻으로 긴박한 상황에서도 여유를 가지려는 그들만의 구호로 풀이된다. 오로지 적을 공격하겠다는 단호한 계획보다 '할라라'의 외침이 전장 속에서 큰 힘으로 작용됐던 것이다. 또한 병사들이 반드시 살아 돌아가겠다는 계획을 접고, 전투를 위해 목숨을 다하겠다는 의지로도 풀이될 수 있다. 그렇게 그들은 전장에 나섰고, 무기를 휘둘렀으며 앞을 가로막는 적군과 싸웠다. 내가 구태여 '할라라'의 외침을 주목하는 까닭은 행하면서도 마음을 비우고, 온 집중과 책임을 다해서 지금의 가치를 드높였기 때문이다.

그래서 '할라라'는 현실을 지지하는 절대적인 정신적

승리임이 틀림없다. 지금의 주어진 일에 최선을 다하면서도 섣불리 그 결과를 예측하지 않겠다는 마음은 분명 인생을 호기롭게 만들고야 만다. 그러므로 우리는 계획대로 움직이는 사람이 아니라, 움직이는 대로 계획이 될 수 있게 살아야 한다. 힘껏 '할라라'를 외치면서.

예외

예외는 예측할 수 없다. 예측할 수 있다면, 그건 예외일 수 없다. 단지 예견하는 것이다. 예견은 앞으로 일어날 일을 미리 짐작함으로써 예상이 가능하다. 예상할 수 있는 건 생각의 범주 안에서 크게 벗어나지 않는다. 내가 충분히 감당할 수 있는 정도가 된다. 그러나 우리가 늘 함정에 빠지는 건 예외의 순간을 마주했을 때이다. 생각의 범위를 넘어서거나 생각해 본 적 없는 일들이 불쑥 우리를 흔들어 놓을 때 큰 혼란이 찾아온다. 그러한 혼란에는 질서가 없다.

무질서는 예외의 상황에서 찾아오는 자연스러운 현상이다. 이미 어떠한 규칙에 길들어져 살아가기 때문에 대체로 예외를 바라지 않거나 기대하지 않게 된다.

그러나 예외가 힘이 주어진 자에게서 쓸모가 되는 경우가 종종 있다. 자칫 예외를 권력인 양 남발하기도 하는데, 그것이 문제가 된다. 예외가 힘으로 조정되면 상황은 불공정하게 변질되며, 머지않아 내외의 간극을 넓히고 만다. 그로 인한 안과 밖의 혼란이 잦아들 것은 불을 보듯 뻔하다. 그러므로 어떠한 경우든 예외는 바라서도 쓰여서도 안 되는 것이다.

더욱 조심해야 할 것은 사방에 예외를 두려는 마음이다. 하나의 선택에 쓰여야 할 집중과 애씀을 예외의 상황과 나누려는 마음이 이에 해당된다. 또 다른 방편을 내세워서 온전한 책임을 지지 않으려는 것과 같다. 일에서나 대인관계에서나 일단 예외를 두고 시작하는 것은 좋은 결과를 이끌어내기 힘들다. 온전한 마음을 보이지 않는 사람에게 누구도 제 마음을 내비치기는 힘든 법이다. 역시나 예외는 바라서도 쓰여서도 안 되는 것이 분명하다.

단연코 세상은 나의 예측으로만 흘러가지 않는다. 생각한 대로 일어나는 일은 없다고 해도 과언이 아니다. 어쩌면 내 마음대로 내 생각대로가 아니라 어쩔 수 없는 예외의 순간들로 점철된 것이 삶일지도 모른다. 그만큼 삶은 시간의 흐름에 따라 다변화되어 좌충우돌하기 일쑤다.

생각지도 못하는 일들이 하루에도 몇 번씩 일어나고, 허둥대기에도 시간은 절대적으로 부족하기만 하다. 시간이 부족하다고 입에 달고 사는 게 어쩌면 당연한 말일 수도 있겠다. 그러고 보니 같은 목표와 기대를 두고도 저마다 다른 삶을 살고 있으니, 역시나 삶은 기대하지 못한 온갖 예외의 것들이 난무하는 사이클이다.

그러므로 예외를 능숙하게 대처하는 자세야말로 삶을 잘 살아가는 처세이다. 그러려면 예측하지 못한 혼란으로부터 흔들리지 않아야 할 것이다. 그러한 근저에는 불안을 다스리는 힘이 작용한다.

대개 불안한 감정은 스스로 제어할 수 없을 만큼 기폭이 크고, 의지의 영향도 거의 받지 않는다. 그러나 불안은 좁고도 깊은 영역이라서 신체의 움직임만으로도 한껏 자유로워질 수 있다. 불안에서 한 발짝 빠져나오는 것만으로도 삽시간에 감정의 변화를 맞이할 수 있게 된다.

물론 표면적인 회피라고 할지라도 의도적인 인식의 전환은 불안한 상황을 전환하기에 필요하다. 그와 같은 행동은 부정의 영역에서 구애받지 않는 힘으로 작용해 혼란에서 빠져나오게 하고, 나아가 어떠한 예외의 상황에서도 흔들리지 않는 저력이 될 수 있다.

나는 오늘도 어김없이 예외를 경험했다. 그것은 살아 있음을 증명하는 순간이기도 했다. 산다는 것은 흘러가는 것이고, 움직이고 있으니 제자리에서 똑같은 것을 마주할 수가 없다. 어쩌면 삶은 처음 마주하는 것들과 기대하지 못한 일들을 겪어내는 일이다. 그러니 삶이야말로 늘 새롭고 재미있을 만하지 않은가. 예외를 겪어내는 일 또한 삶을 대하는 것과 크게 다를 게 없다. 그러한 경험으로 앞으로 나아가는 것이다. 그리하여 삶이 이어지는 것이다.

중년의 사랑

사랑은 나이에 따라 그 모습을 다르게 드러낸다. 어떤 사랑은 에너지를 듬뿍 받고서 순식간에 쾌락을 분출하는가 하면, 어떤 사랑은 절망의 기운에 압도당해서 연민을 쫓기도 한다. 그러고 보면 행동적 사랑은 정신적 사랑보다 월등하고 희열도 견줄 바가 없다.

그래서일까? 누구나 젊음을 추종한다. 젊음은 날마다 생동하고, 사랑도 그와 함께 생장한다. 그런데 대개의 경우 강렬한 것들은 시간이 짧게만 느껴진다. 그렇다면 중년의 사랑은 어떨까. 중년의 사랑은 젊은이의 사랑에 비해 조금 어려운 듯하다. 한마디로 표현하기가 쉽지 않다. 그들의 사랑 앞에 조금은 엄숙해질 정도다.

생각해 보면 중년엔 수많은 의무가 그림자처럼 따라다닌다. 중년은 사랑마저 지켜내야 하는 나이인 것이다. 그 같은 의무는 사람을 사람답게 하는 마땅한 임무가 된다. 그래서 중년의 사랑을 한여름 밤의 꿈 같은 환상에 빗

대기도 쉽지 않다. 이 시기의 사랑은 결코 흩날리는 가벼움이 아니어야 하기 때문이다.

그럼에도 중년의 사랑은 계속되어야 한다. 또 사랑하기를 멈춰서도 안 된다. 그러한 모습이 충분히 아름다워 보이는 나이가 바로 중년이기 때문이다.

나이가 드는 것은 겪어온 시간을 책임지는 것과 같나. 그려한 책임감은 들이키는 공기만큼이나 절박하고 또 무게감마저 느끼게 한다. 그래서 중년이 되면 세 무게를 이기지 못하고 가라앉기 십상이다. 그런 모습이 못마땅해서 아우성치는 사람들도 있다. 그러나 중년에는 시간에 대해 책임을 질 줄 알아야 한다. 진중해지고 깊어지며 정적이면서도 그 안에서 의미를 새길 줄 알아야 한다. 그래서 중년의 시간을 살아내기가 여간 어려운 것이 아니다. 그 시절의 사랑 역시 어렵기는 마찬가지다.

분명한 것은, 중년의 사랑도 젊은이의 사랑만큼이나 달콤하다는 점이다. 아무리 시간이 흘러도 사랑의 본질은 변하지 않는다. 단지 사랑에 대한 우리의 인식이 나이에 따라 달라질 뿐이다. 그래서 중년의 사랑은 신의 앞에서 꽁꽁 얼어붙는다. 책임과 의무라는 차갑고도 묵직한 신념 앞에서 사랑의 감정이 순식간에 압도당한다. 그렇게 중년의 사랑은 신의가 된다. 믿음과 의리가 곧 사랑의 역할을 맡는 것이다.

고로 중년이라면 신의가 있어야 한다. 지난 시간에 대해서도 또한 지금의 사랑에 대해서도, 최소한의 믿음과 의리를 저버리지 않아야 한다. 믿어야 하거나 믿을 수밖에 없는 마음으로 살아간다면, 그 또한 빛이 되어 자신을 밝힐 수 있게 된다. 신의로만 뭉쳐진 사랑이라 할지라도 그것으로도 중년의 사랑은 고귀해진다.

그러나 눈에 띄지 않아서, 혹은 덤덤해서 중년의 사랑을 쉽게 재단하기도 한다. 그러거나 말거나 사랑은 그어떤 정의로도 가벼이 해석해서는 안 된다. 사랑은 상대방을 통해 자신의 존재 의미를 찾아가는 행위라서 그렇다.

누구나 사랑을 한다. 저마다의 사랑에는 서로를 단단히 엮어주는 무언가가 분명히 있다. 특히 남녀 간의 사랑은 그 의미가 실로 특별하다. 서로의 정신까지도 강제하는 힘이 사랑 안에 있기 때문이다.

중년이 되어 어느 정도 자신의 존재에 대한 물음에

답을 내릴 수 있는 것도 어쩌면 사랑 때문에 가능한 일이다. 충분히 사랑받았고 사랑했던 나이 덕분이다. 그래서 중년은 그 존재감만으로도 빛이 난다. 또한 중년에는 새로움이 아니라 익숙함 앞에서 언제든 무릎을 꿇을 수 있어야 한다. 자칫 책임, 믿음, 확실성이 결여된 사랑이 중년의 시간을 쌓아온 자신을 흐트려서는 안 되는 것이다.

그러므로 중년에는 신의를 다지면서 사랑을 하자. 믿음과 의리로 단단히 쌓아 올린 사랑이 있다면 그저 지켜내기만 하면 된다. 그런 사랑은 젊은 사랑보다도 결이 단단하고 향이 그윽하고 태가 확실히 정교할 것이다. 시간이 흐를수록 또한 농염해질 것이다. 그리하여 중년의 사랑이 거룩할 정도로 아름다울 수 있는 것이다.

인생을 위한 배움

　나이가 듦에 따라 자꾸만 잃는 것이 많아진다. '잃는 것은 차치하고라도 조금의 얻는 것이 있어야 삶의 균형이 맞지 않을까?'란 생각으로 무엇이라도 얻기 위해 인생을 위한 배움을 택했다. 내가 좇는 배움은 거창하고 화려한 기술을 익히려는 학문적 배움만은 아니다. 지식과 기술로서의 배움이 실수를 줄이고 완전함을 향해 나아가는 것이라면, 인생을 위한 배움은 나의 결점을 발견하고 거기에 머무는 것이다.

　나의 경우엔 많은 이론서를 탐독해도 발견하지 못한 '내가 사는 이유'를 어쩌다가 일상의 평범한 순간에서 찾게 된다. 일상을 메우는 다양하고 소소한 찰나에서 나의 의미가 다시금 새겨지는 것이다. 예를 들어 일주일에 한두 번 다도나 명상을 배울 때나 독서토론이나 여럿이 운동할 때, 사진을 잘 찍게 하는 방법이나 명사의 강의를 들을 때에도 '내가 사는 이유'를 절감하곤 한다. 그러므로 내게 있어 배움이란, 나와 인생에 관한 의미를 깨치는 생활 전반이다. 오늘도 내일도 나로서 살기 위해 배우고 또 배우려는 것이다.

　인생을 위한 배움은 언뜻 생각해 봐도 가늠하기가 쉽지 않다. 인생 자체가 모호하고 그 인생을 사는 나도 한마디로 정의 내릴 수 없어서다. '왜 사는가, 나는 누구인가'에 관한 질문은 과거에나 현재에나 언제나 물음표다. 그러나 분명한 건 그것이 나이가 드는 일과는 첨예하게 다르다는 사실이다. 숨겨진 자아를 발견하거나 새로운 교양을 갈고 닦는 것이 내가 말한 배움의 속성이라면, 나이가 드는 일은 시간에 따른 현상일 뿐 배움의 척도로 삼을 수 없다.

　그런 반면 나이가 드는 일을 배움의 결말로 삼아서 각인된 사고와 행동을 지속하려는 사람들이 있다. 그들은 자기 판단으로 배울 만큼 배웠기 때문에 더 이상의 배움을 한정한다. 배움에는 끝이 없고 한계가 없는데도 그들은 좀체 경험을 거부하는 식이다. 경험을 통해서 얼마든지 새로워지고 변화할 수 있는데도 새로운 것을 원하지도 찾지도 않는다. 그렇다 보니 도식적인 사고에서 벗어나질 못하고 자꾸 과거의 이야기만 꺼내 놓는다. 제 인생의 헛헛함을 속절없는 시간 탓으로 여기면서 또다시 지금을 지나

쳐버린다. 그렇게 그들의 시간은 거꾸로만 흘러갈 뿐이다. 당연하게도 우리는 살아 있는 한 어떤 배움도 완결시킬 수 없다. 한 분야의 전문가도 현장의 경험을 통해 날마다 배움을 확장하는데 하물며 인생을 위한 배움은 어떻겠는가. 거기에 스스로 한계를 두는 것만큼 안타까운 일도 없다.

인생을 위한 배움은 크게 두 가지 과정을 거친다. 첫 번째로, 자신의 결점을 마주하는 과정이다. 결점은 결핍과는 다르다. 결핍은 획득으로 당장 해결할 수 있지만 결점은 무엇으로 해결되는 사안이 아니다. 그런 결점은 신기하게도 직면하는 것만으로 크기가 작아진다. 그러니 매번 결점을 마주해야 하는 배움을 통해 나의 인생은 새로워진다.

두 번째로, 인생을 위한 배움은 때로 처절한 감정이 동반되는 과정이기도 하다. 그 감정은 울컥하고 안타깝고 슬프고도 고독하며 묘하기도 하다. 왜냐하면 얻거나 상실하는 당연한 일상에 관해 곱씹어 질문하고 굳이 생각해야 하기 때문이다. 그것이 제법 아리고 쌉쌀한 뒤끝을 품고 있어 인생을 쓴맛에 비유하는지도 모른다. 어찌 됐건 처절한 감정을 동반한 배움을 통해 인생의 의미는 분명해진다.

우리는 인생을 위한 배움의 과정을 통해 나로서 사

는 인생을 맞이할 수 있다. 그리하면 어떤 길을 걸어도 제 의미를 찾을 수 있고, 주위의 머무는 것에서도 아름다움을 발견할 수 있다. 또 외면받거나 사양 되는 것에도 온전한 마음을 내어줄 수 있게 된다. 그리고 이 세상에는 내 마음과 손길로도 충분해질 수 있는 것들이 무수히 존재하고 있다.

죽음을 대하는 자세

탄생과 죽음이 하나의 선처럼 이어진다면, 그것은 각 각 처음과 끝을 마주하고 있을 것이다. 그렇게 두 지점을 잇는 집합체가 삶이다. 그러한 삶은 저마다 꾹꾹 눌린 고통이고, 상흔이었다. 눌려야만 찍히는 점처럼 삶도 그러하다. 그러므로 죽음보다 삶이 힘겹게 다가올 만하다. 삶은 어렵기 때문에 매 순간 평탄할 날이 없고, 그 때문에 고통스러운 게 당연하다. 그렇지만 삶은 분명 가치 있는 일이고, 살고자 발버둥 치는 일 또한 지극히 고귀하다.

나아가 인간에게 있어 죽음은 떼려야 뗄 수 없는 과정이며, 마땅히 겪어야 할 마침표다. 이래저래 다양한 목표를 안고 서둘러 나아갈지언정 결국 모든 시간은 죽음이라는 이정표 앞에서 귀결된다. 그러니 우리는 모두 죽음을 향해 걷고 있는 동반자이며 생의 구성원이다.

그 안에서도 누군가는 서둘러 죽음을 겪고 사라지며, 또 누군가는 죽음과의 분투에서 괴로워하며 삶을 연장한다. 또 누군가는 평화롭게 시간을 영유하고, 무사를 바라며 산다. 제각각 삶의 질이 확연하게 다르지만 분명한 건 모두가 죽음을 향해 나아가고 있다는 것을 부정할 수가 없다. 그러니까 누군가의 삶을 향한 분투도 결국 내 차례가 될 것이고, 지금의 안락함 또한 결국 누군가의 차례로 회귀될 것이다.

당신이 겪는 게 곧 내가 겪게 될 것이고, 내가 겪는 게 또한 당신이 겪게 될 것이다. 왜냐면 우리는 모두 하나의 공통된 지점을 향해 나아가므로, 하나의 점을 찍고 또 다른 점을 찍어야만 살 수 있는 운명이기에, 다른 길로 가더라도 결국 한 길에서 만나는 숙명이기에 그렇다. 그러니 타인의 아픔과 슬픔에 관해서 누구라도 내 일처럼 절실히 느껴야만 한다. 그래야만 언젠가 나의 고통과 아픔에도 타인의 위로가 힘이 되어 나를 살릴 수 있게 한다.

하루하루 살아가는 모습은 저마다 다르겠지만, 우리는 찰나의 순간을 나누고 시간을 향유하며 하루에도 수없이 기뻐하고 슬퍼한다. 그렇게 한 세대를 채워가는 공동체로써 같은 숨을 공유하며 살아가고 있다. 먼 훗날 지금을 살고 있는 우리를 누군가 기억했을 때 겨우 단 한 명의 사람, 단 하나의 점만으로 설명될 수 있을까. 그저 하나의 집단, 한 세대, 전대의 사람들로서 우리는 그렇게 설명될 것이다. 그러니 겨우 생각이 다르다고 모습이 다르다고 혹은 환경과 수준이 다르다고 서로를 곁눈질하거나 도외시하면 안 된다. 어차피 내가 흘겨보는 그들도 나를 흘겨보는 그들도 모두가 하나이기 때문이다.

　너와 내가 시간을 공유한 이상 우리는 서로의 처지를 살펴야 하고, 서로가 좋은 길로 나아갈 수 있게 관심을 두어야 하며, 더는 쓰러지지 않게 제 손길도 내밀 줄 알아야 한다. 당신이 잘사는 것이 곧 우리 세대가 잘사는 것이고, 당신이 뒤처지고 나락으로 떨어지는 것이 곧 우리 세대가 곤경에 빠지는 것이다. 그러한 공동체의 감각과 의식이 잘 자리 잡혀야만 서로가 서로를 위하게 된다. 각자의 자리만 빛나게 닦는들 모두가 빛나지 않는 이상 하나의 빛쯤은 대중 속에 묻혀버릴 것이다.

　그러므로 우리는 구성원이자 부분으로서 전체의 조화를 위해 애써야 한다. 시간이 지날수록 나만의 것보다 우리의 것이 훨씬 가치 있게 정의되기 때문이다.

　그러니 어떤 죽음도 가볍게 치부되어서는 안 된다. 그

들의 죽음이 곧 우리 세대의 죽음이고, 나아가 공동체의 죽음이니 모두가 애통하고 절실히 슬퍼해야만 한다. 우리는 꼭 그래야만 한다.

메멘토 모리

"하루하루가 조그만 일생인 것이다. 나날의 기상이
조그만 출생, 매일 아침의 상쾌한 시간이 조그만 청춘, 매
일 저녁 침상에 누워 잠드는 것이 조그만 죽음인 것이다."

독일의 철학자 쇼펜하우어의 글처럼 하루하루는 사
람에게 있어 조그만 일생이고, 그러한 일생이 모여 인생이
완성된다. 또한 인생이 일생이라 불리는 까닭은 하루에 한
번씩 다른 삶이 주어지기 때문이다. 고로 사람은 날마다
다시 태어난다.

덧붙여서, 기다란 선의 인생을 점의 인생으로 치환하
여 생각해 보면 점의 생성과 소멸은 사람의 생사와 똑 닮
아있다. 사람은 아침이 되면 탄생하고, 넘치는 에너지로
한낮을 지내게 된다. 오후가 되어 점점 기력이 떨어지면
결국 밤이 찾아온다. 그때에는 애써 두 눈을 부릅뜨려 해
도 절로 눈이 감기고 만다. 어찌할 수 없는 죽음의 때가 찾
아온 탓이다. 그처럼 살아 있는 모든 순환은 거역할 수 없

게끔 자연스럽기만 하다. 영국의 철학자 베이컨은 이렇게 말하고 있다.

"죽음은 탄생만큼 자연스럽다."

뜨고 지고, 피고 지고, 오고 가는 생과 사를 겪는 만물의 영장은 그처럼 순환의 역사를 품고 있다. 사람에게는 낮과 밤이 또한 생과 사가 그러한 역사가 된다. 역사야말로 자연의 작품이다. 그러므로 영원한 삶을 바라는 건 자연스럽지 못하다. 탄생이 죽음이라는 소멸이 있었기에 가능한 것처럼, 죽음도 탄생 때문에 자연스러운 것이 된다.

만약 조그만 일생을 생각하지 않고 딱 한 번의 인생만 좇는다면, 생의 아쉬움으로 처절해질지도 모르는 일이다. 한 번뿐인 탄생과 죽음은 절실한 삶을 추구하게끔 한다. 특히나 젊은 시절엔 무엇보다 빛나고 누구보다 강해질 것을 소망한다. 올바른 방향으로 그 마음이 흘러간다면야 좋겠지만, 한정된 결핍은 소유하지 못한 자에게 쉬이 욕망을 일으키곤 한다.

백발이 성성한 노인의 후회가 애절한 것도 그와 같을 수 있다. 노인에게는 내일의 탄생을 확신하기가 힘들다. 그리하여 생의 아쉬움으로 점철된 오늘을 맞이하게 된다.

내일의 희망을 품는 일은 살아갈 힘을 얻는 것과 마찬가지다. 날마다 그러한 힘을 얻을 수 있도록 하루하루의 일생을 살아야만 한다.

다시 쇼펜하우어처럼, 날마다 조그만 죽음을 경험하게 된다면 더 나은 내일의 탄생을 맞이할 수 있지 않을까. 다소 아쉬웠던 오늘의 죽음이 내일의 탄생으로 진화되니 말이다. 사람의 진화가 가능했던 이유도 그러한 자각과 시도가 있었기 때문일 것이다. 그렇게나 어둠이 빨리 찾아올 줄 알았다면 내일은 조금 더 일찍 아침을 맞이해야겠다는 식의 자각 말이다. 그러므로 내일을 새롭게 살려거든 오늘의 반성과 내일의 희망을 적절하게 버무려야 할 것이다.

그렇게 하루의 일생에 충실하다 보면, 지나간 점의 시간을 되돌아보지 않게 된다. 순간순간 최선을 다해 마침표를 찍었다면, 그것으로도 충분한 만족감을 느끼게 된다. 그러한 점의 하루하루가 쌓여 선의 인생으로 점철될 때 한 사람의 역사가 완성된다.

그렇다 보니 어느 누구의 역사라도 허투루 쓰인 것이 없다. 위대한 업적을 쌓았거나 말거나 인생은 그만으로도 완전한 빛을 발한다. 그러므로 당장 오늘을 살면서 비교를 통해 우위를 가르거나 멸시하는 행위로 일생의 빛을 꺼트리지 말아야 할 것이다. 자신이건 타인이건 간에 누군가의 일생의 역사를 훼손시키는 일은 절대로 저질러서는 안 된다.

저마다의 인생의 귀결이 한결같음을 유럽 카푸친 승단의 지하 납골당의 글귀에서도 찾아볼 수 있겠다.

"우리도 한때는 너희와 같았고, 언젠가 너희도 우리처럼 될 것이다."

죽음 앞에서는 어느 누구도 평등하지 않을 수 없다. 그리고 우리는 하루하루의 조그만 죽음을 통해서 나날이 평등해지고 있다.

매미가 하는 말

태양이 뜨거운 어느 날부턴가 창문 밖으로 매미가 날아왔다. '맴맴' 매미는 안과 밖의 경계망에 달라붙어 그날의 새벽을 늘 쫓아내기 일쑤였다. 그리곤 또다시 '맴맴' 목청이 어찌나 세던지 단숨에 온 식구의 잠도 달아나곤 했다. 호흡도 제법 길어서 '맴'의 한 구절이 노래 한 곡쯤은 되는 듯했다. 어느 날 나는 벌떡 일어나 방충망을 마구 흔들어댔지만, 매미는 떨어질 줄 모르고 전보다 강렬한 울음을 토해냈다. 그렇게 매미와 함께 올여름의 매 아침이 어찌어찌하여 바지런하게 시작되는 중이다.

매미는 한 철만 살다가는 여름 곤충이다. 우리네 인생에 비해 찰나만 사는 것 같아 왠지 가련한 마음마저 들 정도다. 그걸 아는지 오늘도 매미 소리가 시도 때도 없이 나무 틈에서, 또 창문 밖에서 열창 중이다. 꼭 자신의 존재를 알리려는 필연적인 의식인 것처럼 말이다. 그래서 가만히 들어보면 매미 소리가 어딘가 모르게 구구절절하기도 하다. 하기야 지금이야말로 그가 땅속에서 몇 년 동안 간절히 기다려왔던 여름이지 않은가. 그래서 한 철의 여름, 그 뜨겁고도 찬란한 이 시절이 매미에게는 삶의 의미이자 전부가 될 수밖에.

그러니 매미는 누구보다 지금 이 순간이 얼마나 소중한지를 잘 알고 있을 것이다. 같은 시간을 공유하고 있는 우리와 마찬가지로. 우리도 평범하고 당연하게 여기는 각자의 일상을 한 번쯤 되돌아보는 건 어떨까. 어쩌면 매미처럼 눈부시게 특별한 여름을 맞이하고 있는지도 모른다.

생각해 보면, 매미는 세상에 태어나서 가장 장렬하게 살다가는 존재일 수 있다. 그래서 요란하고도 쨍하게 모든 이의 여름밤을 일찍이도 깨운다. 그들은 서둘러 살아 있는 시간을 만끽하라고, 가장 소중한 지금의 순간을 의식하라며 애써 우리를 보채는 것만 같다.

그것은 비단 매미만의 메시지는 아니다. 독일의 철학자 프리드리히 니체와 쇼펜하우어, 그리고 독일의 작가 에크하르트 톨레 역시 '지금'의 진리에 대해 자주 설파했다. 그러니 영원히 살 것처럼 살아가는 누군가에게 그 같은 메시지는 꽤나 의미가 있으리라 생각한다.

알다시피 우리 모두의 시간은 다르게 흘러가고 있다. 다만 유한하다는 사실은 모두의 시간이 갖는 공통성이기도 하다. 누구나 다른 듯 같은 시간을 갖지만, 삶을 대하는 자세는 너무나 다르다. 지금의 소중함을 아는 이의 삶은 그렇지 못한 이의 삶보다도 훨씬 농염하고 기운차다. 마치 여름의 끝을 알고 있는 매미가 제 몫을 다하며 장렬한 소리를 뻗어내듯이.

분명한 것은 지금을 소중히 살아가는 누군가의 삶은 매미의 여름만큼이나 뜨거울 것이다. 그들은 더 많은 것을 보려 하고, 더 다양한 것을 경험하고 싶어 하며, 좋은 사람을 만나려 하거나 스스로 그런 사람이 되고 싶어 한다. 그렇다 보니 한정적인 삶의 시간이 더욱 윤택해질 수밖에.

이제부터는 막연한 앞날을 위해서가 아닌, 지금 이 순간을 더없이 열렬히 지내보는 건 어떨까. 한 철이라도 스스로 빛난 적이 없거나 또는 다른 이의 시절을 환히 빛내본 적이 없다면 우리는 더더욱 지금의 순간을 농익은 시간으로 보내야만 할 것이다. 어떤 역할로서 다할지는 각자의 환경에 따라 다르겠지만 그러한 작심만으로도 지금의 시간은 분명 특별해진다.

밖에서는 여전히 매미 소리가 여름의 끝을 향해 울려 퍼지고 있다. 그들에겐 지금 이 순간 세상과의 조우가 마냥 뜻깊을 테다. 당신도 오늘을 조우하는 마음으로, 머나먼 계획과 야망은 잠시 접어놓기를 바란다. 지금 이 순간의 소중함과 견줄 수 있는 것은 아무것도 없을 테니까.

기회의 시간, 바로 지금

표준국어대사전에 따르면 관성은 시간과 결이 같다. 오래된 시간에는 관성의 힘이 작용하기 쉬운 상태가 된다. 또한 그 힘은 '타력'이 된다. 타력이란, 버릇이나 습관이 갖는 힘을 의미한다. 어떤 삶이 과거의 관성에 의해 이끌려 왔다면, 당장 새로운 걸 취하기가 힘들다. 앞으로 나아갈 저력을 찾는 것도 여간 힘들지 않다. 그것은 관성에 의한 강한 타력 때문일 것이다. 그런지 사람이나 사물이나 한 자리에 오래도록 머물러 있으면 제힘을 잃고 제빛도 잃는 법이다.

그에 반해 머무르지 않고 움직이려는 능동적인 사람들은 변화에 민감하다. 끊임없이 시도하고 날마다 새로움을 탐하기도 한다. 그들은 변화의 득을 가장 잘 파악하고 있는 부류일 것이다. 변화는 양면의 성질이라서 반드시 득과 실이 따르고, 그로 인한 결과의 명암도 극명하게 나눠진다.

그럼에도 능동적인 이들은 변화를 좇을테지만 그런 이유로 무조건적으로 변화를 거부하는 사람들도 적지가 않다. 그들은 지금의 순간을 영원처럼 바라며 삶이 변화로부터 흔들리지 않도록 제 안의 관성을 키워낸다. 어제와 다를 것 없는 오늘이라도 변함없는 '안정'을 추구했다며 자찬하기도 한다. 그야말로 관성이 그들의 삶을 지배하는 순간이다.

사전이 정의하는 관성이란, 사람의 말이니 행동에 버릇처럼 굳어진 습성이다. 세월의 흐름에 따라 관성을 갖게 되는 것은 어쩌면 자연스러운 삶의 순리기도 하다. 그러나 관성이 삶을 상쇄하는 순간 성장은 멈추게 된다. 그 삶은 더 이상 바뀌어 달라지지 않고, 그대로 머물러 있게 된다. 마치 제 안에 쌓인 해묵은 각질처럼 말이다.

의아하게도 우리는 그 지점에서 안정된 소속감을 느끼기도 한다. 그렇게 이끈 관성은 표면적으로는 삶을 지탱해 주는 안위로 삼기 쉽다. 다만 관성의 힘을 빌려서 안정만을 좇을 때가 문제가 된다. 그것은 앞서거나 뒤서거나 하지 않고, 팽팽하게 탄력받은 인생의 줄을 제 자리에서 잡고 있는 것과 같다. 그런 관성에 사로잡히면 지나온 과

거만 돌아보려 하거나 한 치 앞의 미래도 짐작하지 못한다. 제 자리에서 한 발짝도 움직이지 못해 스스로를 옭아맬 뿐, 머지않아 자멸의 덫에 빠지고도 말 것이다.

좋은 씨앗이 곧은 줄기를 내듯 목표가 깃든 타력은 내 안의 성장을 돕기 마련이다. 나아가 삶을 옭아매는 관성으로부터 벗어나 기꺼이 변화를 맞이할 수도 있다. 그리하여 삶의 순간마다 살아 있는 지금을 만끽하게 하고, 스스로 하고 싶거나 바라는 일들로 매일의 활력이 채워지게 된다.

그처럼 양질의 타력을 가지는 것만큼 인생에서 중요한 것도 없다. 그럼으로써 내 삶의 방향을 스스로 세울 수 있고, 지탱할 수도 있게 된다. 내가 주체가 되는 삶을 사는 것이다. 살아 숨 쉬는 한 우리네 삶은 스스로 계획한 방향으로 나아가야만 한다. 그것이야말로 살아 있음의 증명이 된다.

다시 오늘이 밝았다. 영원할 것만 같았던 어제의 마음은 새로이 부는 바람과 새로이 뜨는 태양 아래서 조금씩 변해갔을 테다. 그러고 보니 오늘은 어제의 부활이 결코 아니다. 과거에 젖은 관성 따위가 태생이 오늘인 삶 속에 스며들 틈이 전혀 없다. 그러니 오늘이야말로 케케묵은 관성으로부터 해방되는 절묘한 '때'가 아닌가. 강한 관성에 이끌려왔던 삶에서 한껏 벗어날 수 있는 기회의 시간은 바로 지금, 여기이다.

오늘의 거리에는 아침부터 많은 사람으로 분주하기만 하다. 사람들은 새로운 하루가 찾아든 공간을 향해 힘차게 탐방하기 시작한다. 그들이 지나온 자리마다 활기가 돋아나고 생명도 움튼다. 눈을 씻고 찾아뵈도 관성이 들어올 틈이 전혀 없다. 다시 말해, 일日의 바뀜으로도 우리는 기꺼이 삶의 변화를 맞이할 수 있는 것이다. 날마다 바쁘게 살아가지만, 한편으론 새롭고 밝은 기운을 얻는 것도 그러한 이유 때문일 것이다.

여태껏 강한 관성의 힘으로 당신의 삶이 이끌려 왔다면, 오늘의 새로운 '때'를 주시해 보자. 과거의 묵은 각질을 말끔히 벗겨내고, 기꺼이 시간의 변화를 맞이하도록 하자. 그리하여 양질의 타력惰力이 자라나면 저만의 목표를 조준할 수 있는 놀라운 타력打力 또한 발휘하도록 하자.

나답게

영화나 드라마 혹은 일상에서, 클리셰(진부한 표현이나 고정관념)로 자주 쓰이는 말이 있다.

"왜 그래, 너답지 않게."

그때 너의 대답은 보통 이러하다.

"대체 나다운 게 뭔데?"

위 대화처럼, 정황상 어떤 인물의 행동이 예측을 벗어났을 때 우리는 반문하게 된다. 그처럼 각자의 자리에서 예측 가능한 행동을 하는 것은 나답게 살아가는 시도이며, 그러한 나름의 규정으로 전체는 보편성을 갖게 된다. 그렇기에 나다운 말, 나다운 행동, 나다운 생각은 타자가 예측해 내기 쉽도록 '나'를 일반화하는 사고방식일 수 있다. 상대 혹은 전체로부터 나에 대한 혼란을 차단하거나, 충분한 예측 가능성으로 불안과 두려움도 제거한다. 그렇듯 우리가 나답고 너다운 성격과 특징을 가질 때, 전체는 그에 따른 기대 행동을 예상하며 안심하게 된다.

군인은 군인답게, 학생은 학생답게, 리더는 리더답게, 부모는 부모답게, 아이는 아이답게 각자 주어진 역할에 따라 행동하고 정해진 틀 안에서 사고하는 편이 타자에게 이해하기 쉬운 '나'를 만든다. 나답게 말하고 행동하는 나름의 보편성을 갖는 것은 서로 다른 우리가 이해하면서 쉽게 어우러질 수 있는 하나의 방편이 될 수 있다. 그래서 우리는 예측 가능한 캐릭터를 원한다. 지금까지 잘해왔던 그가 앞으로도 잘할 것이라고 기대하는 반면 늘 사고만 치던 그에게서는 불안한 미래를 점친다.

그러다 예측대로 흘러가지 않으면 당장 당혹감이 앞서는 게 사실이다. 클리셰가 깨져 버린 스크린 속 이야기는 관객의 흥미를 일으키지만, 일상 속 관계에서는 의구심으로 발전하기도 한다. 내 예측을 벗어난 상태에서 더 이상의 평정을 기대할 수 없거니와 돌발 상황에 대한 해답을 시시때때로 모색해야 하므로 피곤함은 덤이다. 그렇기에 누구나 예측 가능한 타자와 관계를 엮어나가며 각자의 안정된 관계망을 가지려는 것이다. 그 안에서의 변수쯤이야 자신이 충분히 해석 가능한 범위 내일 테니 말이다.

그렇다고 보편성에만 의존하는 나다움을 추구하는

것만이 능사는 아니다. 살다 보면 뜻밖에도 생각지 않았거나 경험해 보지 못했던 것들을 통해서 외려 시야가 확장되거나 생각이 깊어지는 경우가 많다. 새로운 관점, 공간, 시도가 예상과 전혀 다른 결과를 이끌어내어 나의 경험으로 축적되기도 한다. 예측 가능성이 늘 괜찮아 보이는 나로 이끄는 게 아니듯 예측 불가능성도 절대적으로 폄하될 것은 없다.

대체로 계산되지도 예측하지도 않았던 곳에서 의외로 반짝이는 것들을 만나는 경우는 흔하다. 일상의 일탈이 되는 여행에서는 예측 불가능한 상황과 공간 속에서 낯섦이 주는 찰나의 묘미를 얻기도 하고, 불현듯 누리는 행운과 횡재 따위도 예측 불가능성에 따라 획득되는 것들이다.

더욱이 보편성이 힘으로 작용하지 않는 세계에서는 개별성이 주목받을 수밖에 없다. 나다움을 강요받지 않는 곳에서는 어느 시선의 굴레 없이 나만의 이야기를 꺼낼 수가 있다. 그것은 타자의 시선으로부터 분리된 나만의 시간, 공간, 생각을 가급적 자주 가졌던 자의 몫이 된다. 그는 주어진 역할에 따른 잰걸음으로 인생을 내달리지 않고, 제 역량만큼만 움직일 줄 안다. 그럼으로써 그 누구도 예측할 수 없고, 규정할 수도 없는 사람이 된다. 무한한 가능성으로 꽉 채워진 그의 이야기 또한 결론짓지 않을 것이다. 확장된 결말을 통해 그는 언제든 변화무쌍한 존재로 거듭나게 될 테니까. 때로는 천연덕스럽고 독특하고도 특별한, 한마디로 정의할 수 없는 그만이 온 세상의 순수한 기쁨을 누리게 될 것이다.

시선 속의 삶

쓰기와 시선

내 눈으로 절대 보이지 않는 나, 나는 그런 나를 보고 싶고, 알고 싶어서 안달이 난 상태였다. 그러면 내가 사는 인생이 충분히 납득될 것만 같았다. 타자의 표정과 행동을 보고 생각을 예측해 낼 수 있듯이 나를 관찰하는 것으로도 내 생각을 가늠할 수 있을 것만 같았다. 그래서 무엇이든 나를 비출 수 있는 것들을 찾아 헤맸다. 나의 표정이, 행동이, 감정이 어떤지를 알아차리려면 일단 먼저 마주하고 바라볼 수 있는 사유의 시간이 필요했다.

그렇게 책을 만났고 글을 발견했다. 두 눈으로 활자를 읽을 때마다 동시에 내 마음도 읽혔다. 그러자 꽁꽁 숨어 있는 내 본연의 모습이 글을 통해서 슬며시 형체를 드러내기 시작했다. 그러므로 내게 글쓰기는 나를 찾고 싶은 지독한 애씀이었다. 그것이 여러 장으로 기록되는 순간 내 인생도 따라 채워졌다. 그제야 나를 모르는 이들에게 기꺼이 말하게 되었다. 나를 만났던 시도로 결국 내 인생을 찾은 것 같다고, 그럼으로써 이렇게 당신에게로 가닿게 되었다고.

　쓴다는 것은 다른 시선을 찾아보는 일일 것이다. 나를 찾는 일이 경이로운 작업인 듯이 다른 시선을 갖는 것도 그와 다르지 않다. 그래서 나는 늘 글을 썼다. 어제도 썼고, 오늘도 쓰고, 내일도 쓰고자 했다. 글을 쓰면서 점점 깊어지는 시선이 좋았고, 다르게 보여지는 세상도 좋았다. 그러한 재미로 가뿐히 살다 보니 2년이 훌쩍 지나갔다.

　나는 똑같은 시선을 강요받는 공간에서 일분일초도 버틸 수가 없었다. 같은 것을 바라보고 같은 생각을 종용하고 같은 걸음으로 나아가는 공간에 있자니 참을 수 없는 답답함과 불편함이 새어 나와 견딜 수 없었다. 그곳에서 빠져나오려면 다른 시선, 다른 생각, 다른 걸음을 가져야만 했다. 거역자가 되어 틈을 벌리려는 일이 어떤 일보다도 힘겨운 것임을 나는 부딪치면서 알아차렸다.

책과 시선

책을 읽다가 시선이 멈추는 것은 예상치 못한 생각이 수증기처럼 뿜어져 나오는 순간이다. 독자는 그 틈을 맞이하여 시간을 농염하게 보내게 된다. 그러니까 틈은 나와 내가 벌어진 사이, 그 사이로 생각과 시선이 오가는 통로가 된다. 그 틈으로 고뇌와 통찰이 농익으면 내가 어떤 사람인지를 알고, 왜 사는지도 알아차리게 된다. 다시 말해 시선의 멈춤으로 틈이 생길 때, 그때야말로 열과 성을 다해 사유해야만 한다. 내가 조금 더 깊은 틈과 넓은 틈 사이를 바랐던 이유다.

다른 시선을 갖는 것은 충분히 자연스러우며 앞으로도 그러한 작업은 계속되어야 한다. 더욱이 내가 관철하고 싶은 것은 다른 시선을 가지면서 저만의 의미를 끄집어내야 한다는 것이다. 그 의미가 지금을 버티게 하여 또 다른 내일을 살아가게끔 한다. 결국 산다는 것은 버티는 것이다. 무엇으로 채우고 메꾸는 것이 삶이 아니라 그저 하루하루를 버티고 또 버티는 것이 살아가는 일일 것이다.

우리는 모두 버티며 살아가는 존재들이다. 그 안에서 얼마나 강력한 의미를 찾을 수 있는가는 삶의 가치와도 결부된다. 남들과 똑같은 시선으로는 결코 그 의미를 찾을 수 없을지도 모른다. 어떻게든 시선을 달리하여 삶의 의미를 찾아야 하며, 그러기 위한 노력으로 읽고 쓰는 것을 멈춰서는 안 된다.

나는 주어진 이 삶을 살아내기 위해 사경을 헤매고 있다. 사경을 헤매는 것은 가지 않음과 가야 함의 싸움이며 하지 못함과 해야 함의 싸움이다. 그렇게 나뿐 아니라 모두가 어느 분야에서건 각자의 사경을 헤매는 중일 것이다. 하루하루 자기만의 싸움을 하면서, 동시에 삶을 잇고 있는 것일 테다. 그럼으로써 저만의 의미를 지닐 것이고 그것이 인생으로 귀결되어 진정한 나로서 끝맺을 수 있을 것이다. 그러니 서로가 서로에게 오늘의 분투를 구구절절 설명하지 않아도 된다. 지금 여전히 살아 있음으로 나와 당신의 인생이 증명되므로. 생生이 다할 때까지 이렇게라도 서로를 응원할 수밖에.

비우고,
다시 채우고

펴낸날   초판 1쇄 2023년 5월 26일

지은이   이가경

펴낸이   강진수
편 집   김은숙, 최아현
디자인   임수현

인 쇄   (주)사피엔스컬처

펴낸곳   (주)북스고   **출판등록**   제2017-000136호 2017년 11월 23일
주 소   서울시 중구 서소문로 116 유원빌딩 1511호
전 화   (02) 6403-0042 **팩 스** (02) 6499-1053

© 이가경, 2023

ISBN   979-11-6760-047-9   03810

책 출간을 원하시는 분은 이메일 booksgo@naver.com로 간단한 개요와 취지, 연락처 등을 보내주세요.
Booksgo]는 건강하고 행복한 삶을 위한 가치 있는 콘텐츠를 만듭니다.